역사의 증언자

역사의 증언자

발행일	2020년 7월 22일		
지은이	도창순		
펴낸이	손형국		
펴낸곳	(주)북랩		
편집인	선일영	편집	강대건, 윤성아, 최예은, 최승헌, 이예지
디자인	이현수, 한수희, 김민하, 김윤주, 허지혜	제작	박기성, 황동현, 구성우, 권태련
마케팅	김회란, 박진관, 조하라, 장은별		
출판등록	2004. 12. 1(제2012-000051호)		
주소	서울특별시 금천구 가산디지털 1로 168, 우림라이온스밸리 B동 B113~114호, C동 B101호		
홈페이지	www.book.co.kr		
전화번호	(02)2026-5777	팩스	(02)2026-5747

ISBN   979-11-6539-306-9 03810 (종이책)   979-11-6539-307-6 05810 (전자책)

이 도서의 국립중앙도서관 출판예정도서목록(CIP)은 서지정보유통지원시스템 홈페이지(http://seoji.nl.go.kr)와
국가자료공동목록시스템(http://www.nl.go.kr/kolisnet)에서 이용하실 수 있습니다.
(CIP제어번호: CIP2020028933)

(주)북랩 성공출판의 파트너

북랩 홈페이지와 패밀리 사이트에서 다양한 출판 솔루션을 만나 보세요!

홈페이지 book.co.kr   •   **블로그** blog.naver.com/essaybook   •   **출판문의** book@book.co.kr

북한에 표류된 한 인간의 목숨을 건 탈출기

역사의 증언자

도창순 지음

북랩 book Lab

아마존에는 나의 책 『A River in Darkness』가 영문으로 나와 있다. 처음에 나는 원고를 구체적으로 썼다. 살아있는 역사의 증언자로서 세계에 진실을 알리고 싶었기 때문이다. 그러나 나의 원고를 본 일본 신쵸샤는 방대한 분량의 책은 잘 팔리지 않는다면서 임의로 내용을 많이 줄였다. 나는 큰 불만을 가지고 있었고 마침내는 신쵸사에서 출간한 책을 절판시켰다. 또한, 내 원고를 되돌려 달라고 했으나 편집 담당자는 내 원고를 돌려주지 않았다. 그래서 이미 출간된 책에서 누락된 내용을 보완하고 그 후로 지금까지 어떤 일이 있었는지 세계에 알리기 위해 새로운 원고를 준비했다. 15년 전에 완성한 원고와 함께 북한을 탈출한 이후 20년을 종합하는 책을 내놓는다. 이미 『A River in Darkness』를 읽은 독자들은 연속되는 책으로 읽어주시기 바란다.

내 가족들의 운명이 무엇 때문에 말살되었는지 알리고 싶다. 나는 일본이 모국이고 나의 조국인 줄 알았다. 그러나 그것이 아님을 깨달았다. 일본은 가족도 민족도 조국도 나에게서 빼앗아 갔다.

2020년 7월

도창순(Masaji Ishikawa/마사난)

차 례

탈출

1996년 9월 11일.

추적추적 비가 내리는 밤이었다. 돈은커녕 먹을 음식 한 줌 없었다. 집을 나설 때 가진 거라곤 달랑 전화번호 하나뿐. 그건 일본 적십자사 국제부 전화번호였는데 내겐 생명 줄이나 다름 없었다. 그 번호는 일전에 북한에서 일본으로 편지를 보냈을 때 받은 답장에서 얻은 것이었다.

난 정신이 나간 사람처럼 함주역[1]으로 향했다. 그 당시 내 나이 49세. 난 며칠 살지 못하고 아사로 죽을 판이었다. 그래서 어차피 죽는 거 탈북이라도 해 보려 여길 온 것이었다. 내가 살기 위한 탈북이 아니다. 힘들게 키운 아들 둘을 살리기 위해 군대에 보냈다. 아들 둘을 보내고 나니 모든 것을 빼앗긴 기분이었고 애들 없이 살

---

1) 평라선의 철도역. 함경남도 함주군 함주읍 소재. 군사적으로 중요한 지역이며 김일성의 별장이 있는 곳이기도 하다.

기가 너무 힘들었다. 먹을 게 없어 죽어도 같이 죽고 살아도 같이 살자는 게 원래 내 마음이었는데 그러지 못한 것이다. 사실 아이들을 군대에 보내지 않았다면 탈북도 생각하지 않았을 것이다. 아들 둘이 군사 복무가 끝나 제대하고 집에 오려면 10년은 걸릴 것이었다. 어떻게 고스란히 집에서 굶어 죽어가겠는가. 그래서 살지 죽을지도 모르는 상황이었지만 탈북하겠다고 생각했다. 혹시라도 성공하면 낮이건 밤이건 열심히 일하고 많이 벌어서 애들과 같이 잘 살아볼 수 있을지 모른다는 한 가닥 희망을 가졌다. 그대로 그냥 죽기보다 어차피 죽을 목숨이라면 탈북하는 게 나을 것이라는 생각이 들었다. 만에 하나 탈북에 성공하면 살지도 모르는 일 아닌가.

나는 함주역 콘크리트 울타리 뒤에 몸을 숨기고 야간열차를 기다렸다. 기차가 승강장으로 들어오고 사람들이 내렸다. 기차가 출발하기 전 북한 경비원들이 승강장을 지켰다. 기차가 움직이기 시작하자 북한 경비원들은 서서히 역사 안으로 걸어 들어갔다. 기관차는 천천히 나를 지나가고 있었다.

바로 지금이다.

나는 울타리에서 뛰쳐나와 간신히 기차의 제일 뒤 칸으로 뛰어올랐다.

차량 안은 사람들로 가득했다. 몸을 움직이기조차 어려울 지경이었다. 북한의 야간열차 안은 전기가 들어오지 않아 껌껌했다. 창문에는 유리도 없다. 도둑 맞았기 때문이다. 북한에서는 기차를 세워 두면 차 부속품은 물론 엔진까지 도둑질해 가는 일이 흔했다. 남포에 유리 공장이 있긴 했지만 정작 가정집에서는 창에 유리 대신 비닐을 치고 사는 일이 흔했다. 그래서 뻥 뚫린 창가에 앉은 사람은 비닐이나 보자기로 창을 막았다.

나는 창가에 섰다. 몇 분 정도 지나자 차량의 양측 끝에서부터 북한 철도안전원들이 검사를 시작했다. 숨거나 도망치지 못하도록 양쪽에서 좁혀오는 그들은 손전등을 비춰가며 공민증[2]의 사진과 실제 얼굴을 한 명 한 명 대조한다.

여기서 잡히면 강제 노동소로 끌려간다. 그곳은 날이 밝아지면 일하고 어두워지면 일이 끝난다. 건설, 벌목 등의 일을 하는데 죽을 때까지 그곳에서 일하게 된다. 재판도 없다. 노동소에서 탈출하면 바로 총살이다.

달리는 기차에서 검사를 피할 방법은 한 가지, 차량 밖으로 나가는 것이었다. 각오를 하고 기차의 창틀에 올라섰다. 한 손은 창의 안쪽을 잡고 다른 한 손은 기차의 지붕을 잡으려 했다. 그런데 아무리 힘껏 뻗어봐도 팔이 닿지 않았다. 당황할 시간도 없었다. 창에서 뛰어 내려도 죽을 것이었고 강제 노동소로 끌려 가도 살 수 없었다.

---

2) 공산주의 국가, 특히 북한에서 만 18세 이상의 성인에게 주어지는 신분증명서. 한국의 주민등록증과 같다.

그때 창가 자리에 앉은 사람이 주위를 살피더니 조용히 나의 다리를 잡았다. 또 다른 사람은 나의 몸통을 붙들어 주었다. 고마웠다. 그렇지만 약간 부족했다. 점프해야 겨우 닿을 것 같았다. 나는 창틀을 밟고서 힘차게 뛰었다. 천만다행으로 간신히 기차 지붕의 끝부분을 잡을 수 있었다. 난 더욱 필사적으로 힘을 썼다.

어떻게 지붕 위로 오를 수 있었는지 모른다. 생각도 의식도 사라지고 살아야 한다는 본능만이 남아 있던 순간이었다. 기차의 지붕 위에 군데군데 나와 있는 환기통을 잡고 몸을 낮추었다. 차가운 철판 지붕이 뺨을 찢을 듯했다. 하지만 더 바짝 엎드려야 했다. 기차 위의 전기선에 가까워지면 죽기 때문이었다.

기차는 탄천을 지나 혜산[3]을 향해 갔다. 혜산역을 하나 앞둔 리용역에 도착한 것은 한밤중이었다. 종점인 혜산은 아무래도 단속이 심할 것이라고 생각했다. 그래서 리용역에 내리기로 결심했다.

근데 리용역 개찰구에는 경비대와 안전원[4]이 호루라기를 불며 단속을 하고 있다. 난 개찰구와 반대 방향으로 미끄러져 떨어졌다. 아픈 것도 순간이었다. 이미 나 자신은 사라지고 없었다. 주변은 자갈밭이었다. 몸을 낮게 깔고 서둘렀다. 그러자 가시 있는 나무가 이중 삼중의 울타리를 만들며 나를 막았다. 반드시 거길 통과해야만 했다. 나는 양손으로 가시가 잔뜩 돋은 나무를 헤쳐 나

---

3) 해발 2,000m급의 산에 둘러싸인 혜산분지의 중심부에 있다. 한반도에서도 가장 추운 지역 중 하나로, 1915년에는 사상 최저 기온인 -42℃를 기록했다. 연평균 기온은 3.7℃이고 연평균 강수량은 679㎜이다.
4) 북한에서는 '사회 안전 사업을 직접 담당하는 사람'을 이렇게 부른다. 남한으로 치자면 경찰이다.

가며 전진했다. 거우거우 그곳을 통과해 선로 가의 올디리를 띠리 걸었다. 얼마나 걸었을까. 끝이 보였다. 그렇게 마침내 선로를 건너 리용역에 입성할 수 있었다.

희미한 전구가 넓은 대합실을 비추었다. 벤치에 앉은 사람, 보자 기나 신문 등을 깔고 바닥에 주저앉은 사람 그리고 꽃제비[5]와 거 지들이 발 디딜 틈도 없이 앉아 있었다. 그곳의 꽃제비나 거지들은 사람들이 옥수수나 사과, 배 같은 음식물을 먹고 언제 버리는지에 만 몰두한다. 음식을 먹고 심지를 버리면, 파리떼처럼 달려든다. 먼저 주워 먹는 놈이 산다.

나도 그때는 그들과 처지가 별반 다르지 않았다. 운이 좋았다. 누군가가 버린 사과의 심지를 주워 입에 넣을 수 있었다. 그건 지 금도 잊을 수 없는 생명의 맛이었다.

동이 트기 시작하자 나는 국경의 강으로 향했다. 도중에 누가 버 린 옥수수 심지가 있으면 주워 갉아 먹었다. 그렇게 버티며 걸었다.

마침내 생사를 결정짓는 운명의 강이 눈앞에 펼쳐졌다. 나는 조 심스레 제방에 올라가 봤다. 무장한 국경 경비대의 초소가 50m마 다 하나씩 보였고 순찰하는 경비도 여럿이었다. 그런데 겨우 폭 20m 정도 되어 보이는 강이 북한과 중국을 나누고 있었다. 눈앞에 는 그리 깊지 않아 보이는 강이 놓여 있을 뿐.

강변에는 여자들이 비누도 없이 세탁을 하고 아이들은 물속에서

---

5) 일정한 거주지 없이 먹을 것을 찾아 떠돌아다니거나 부모를 잃은 북한의 어린아이를 이 르는 말.

물장난을 했다. 순회하는 경비대의 호루라기 소리가 요란했고 중국 쪽 제방의 많은 사람이 북한 쪽을 보고 있었다. 난 해가 질 때까지 제방에 앉아 있었다. 해가 지면 북한의 9월 바람은 매우 차갑다. 첩첩산중의 골짜기에서 합류해 흐르는 물 때문에 더욱 차디차다. 어두워지고 경비대가 없어지면 그 틈을 타서 강을 건널 생각으로 기회를 기다렸으나 강변에 들어서기만 하면 영락 없이 총을 쐈다. 할 수 없이 기회를 얻지 못하고 역으로 돌아왔다.

역 안에서 무언가를 주워 먹어야 했다. 이번에도 운이 좋게 누가 먹다 버린 옥수수를 주워 심지 안의 부드러운 면을 갉아 먹었다.

다음 날도, 그다음 날도 제방에 올라 어디가 좁고 어디가 얕은지를 살펴보았다. 경비가 조금이라도 덜한 곳을 탐색했다.

매일 역 안에서는 거지가 죽어 나갔다. 죽은 몸은 가마니에 말려 옮겨졌다. 다음은 누구의 차례일까. 모두가 죽음의 순서를 기다리고 있었다.

4일째 되던 날, 그날은 저녁부터 비가 주룩주룩 내렸다. 그 이상 살 기력은 없었다. 심한 영양 부족으로 일어서려면 벽 쪽으로 기어가서 벽을 짚어야만 했다. 더는 안 된다는 것을 알고 가만히 누워서 죽음을 청했다. 시간은 많이 흘렀다. 귓전에 엄마가 나를 부르는 소리가 "마사보, 마사보!" 하고 들렸다. 나는 정신을 차리고 비가 퍼붓는 밖으로 기어나갔다.

산골에 내리는 비는 골짜기마다 합류하여 한순간에 수위가 높아지기에 물살은 빨랐고 돌과 바위가 같이 흘러 격랑이 되었다.

제방에 오르니 순간에 바다처럼 넓어진 강폭과 폭음, 그때 돌아보니 경비대가 없었다. 더 생각할 여지 없이 강물에 몸을 던졌다.

얼마나 시간이 지났을까. 다리는 강물에 떠서 헤엄치는 것 같은데 상반신은 자갈 위에 엎드려 있었다. 아직도 북한 측 기슭에 있는 것처럼 느껴졌다. 이것으로 끝이구나. 아무런 힘도 없었다. 조용히 눈이 감겼다. 이젠 정말 죽음을 청하며 눈을 감았다.

유년

우리 집안의 성은 이시카와다. 나는 가나가와현[6] 가와사키시 다카쓰구 미조노쿠치에서 태어났다. 그리고 이시카와 마사지라는 이름으로 13세까지 일본에서 자랐다. 엄마는 나를 마사보라는 애칭으로 불렀다. 생각해 보면 그때가 가장 행복했던 시절이었다.

지금도 미조노쿠치역[7] 서쪽 출구로 나오면 옛날 모습을 그대로 유지하고 있는 마켓이 있다. 마켓의 책방 할머니에게 우리 집의 이야기를 물어보면 잘 알고 계신다. 마켓 뒤편에 우리가 살고 있던 2층집이 있었다. 지금은 흔적도 없이 사라지고 커다란 아파트가 들어서 있지만…. 그 옆으론 오래전부터 자리 잡고 있던 정원수 가게가 있다. 지금도 할아버지가 그 가게를 지키고 계신다. 역시 우리 가

---

6)   가나가와는 상대적으로 작은 현으로 간토 평야의 남동쪽 모퉁이에 위치하고 북쪽으로 도쿄도, 북서쪽으로 후지산의 기슭, 남쪽으로 사가미만, 동쪽으로 도쿄만과 접한다.
7)   다카쓰구청의 근처 역으로 상업, 행정과 함께 다카쓰구의 중심이 되고 있다.

족에 내해 잘 알고 있는 동네 주민분들이다.

미조노쿠치의 전차가 통과하는 선로 근처에는 13세까지 나를 키워 준 강이 있다. 사촌형 갓짱과 그 강에서 자주 물놀이를 했다. 여름에는 항상 동그랗고 커다란 다라이[8]를 타고 물가에서 놀았다. 갓짱은 장난스럽게 다라이를 뒤집곤 했고 내가 물을 벌컥벌컥 마시며 아등바등 허둥대면 그제야 나를 건져 주었다. 훈도시[9] 매는 방법도 잘 모르는 내 훈도시를 매어 주는 것도 늘 갓짱이었다. 그렇게 갓짱은 나를 잘 돌봐 주었다.

갓짱과 물고기를 잡으러 타마가와 강가에도 자주 갔다. 한번은 내가 아주 깊은 곳에 빠져 허우적댔다. 여기서 이대로 죽는 건가 싶었다. 그런데 갓짱이 목숨을 구해 주었다. 얼마나 물을 마신 것인지 토해도 토해도 물은 계속 나왔다.

하루는 아침 일찍 일어났다. 어머니와 할머니에겐 말하지 않고 조용히 밖으로 나왔다. 그리고 집에서 꽤 떨어진 츠다산에 장수풍뎅이를 잡으러 갔다. 그 시절의 여름은 지금보다 더 더웠다. 아스팔트 도로를 걸으면 신발이 질척해져서 바닥에 달라붙곤 했다. 아침이슬 탓에 바지도 몸뚱이도 완전히 젖었고 땀이 비오듯 흘렀다. 하지만 장수풍뎅이를 잡아 벌레통에 넣을 때는 금세 기분이 좋아

---

8) 빨래하는 데 쓰는 나무로 된 둥근 통.
9) 남성의 속옷 역할을 하는 긴 천. 옛날에는 속옷이 없는 사람들이 속옷 대신에 긴 천을 두르고 다녔다.

졌다. "앗싸. 한 마리. 이번에는 더 큰 놈을 잡아야지! 이 통을 꽉 채워 주겠어." 장수풍뎅이가 있을 법한 나무의 뿌리 부분이나 나무가 갈라진 부분을 자세히 들여다봤다. 나무에 구멍이라도 있으면 그 안을 살피거나 긴 나무로 찔러 보았다.

츠다산에는 탄환도로[10]라는 도로가 있었다. 62부대라는 것도 있었다. 가끔 그 근처의 수박밭 주인에게 들키지 않게 몰래 숨곤 했다. 수박을 두들겨 소리를 듣기 위해서였다. 그땐 그저 '통' 하는 소리가 좋았다. 어머니가 수박을 손가락으로 튕겨 그 소리로 잘 익었는지 아닌지를 확인하는 걸 보고 따라한 건데 사실 그때의 난 뭐가 뭔지 잘 구분하지 못했다.

주먹으로 수박을 깼다. 몇 번을 두드려도 안 깨지는 것도 있었고 조금만 두드려도 쩍 하고 갈라지는 것도 있었다. 들킬까 봐 두려워하면서도 빨간 수박을 손으로 움켜잡고 입안에 가득 집어넣었다. 수박씨를 많이 먹으면 맹장염에 걸리니 주의하라고 했던 어머니의 말씀도 떠올랐다. 그렇게 포식을 하고 장수풍뎅이를 한가득 잡아 집으로 돌아오곤 했다.

내게는 여자 형제가 셋 있다. 내 아래로 에이코, 히흐미, 마사코이다. 갓짱에게도 여동생과 남동생이 있고 또다른 사촌 유지에게는 누나와 여동생이 있다. 그때 우리 사촌형제는 서로 사이가 좋았다. 하루는 갓짱의 집으로, 한 번은 우리 집으로, 또 다른 날은 유

---

10) 탄환도로(상강도로)는 일본 자위대의 군용 도로이다.

지의 집으로 다함께 뭉쳐 다녔다.

우리 집은 2층 건물이었다. 그 시절 장난꾸러기였던 난 항상 덤벙대는 탓에 아래층으로 잘 굴러 떨어졌다. 그래서 여기저기 상처가 났다. 그런데 그건 마치 아기가 엄마의 젖을 먹으며 크듯 자연스러운 것이었다. 난 고향의 산과 강의 기운을 마시며 건강하게 자랐다.

갓짱의 아버지 이시카와 시로와 유지의 아버지 이시카와 타츠기치는 어머니의 오빠들로 모두 군대에 나갔다. 두 숙부들은 중국의 만주에도 함께 갔다. 시로 숙부는 만주에서 말라리아에 걸린 탓에 제대하여 집에 오게 되었다. 집에서는 목수 일을 했다. 언제나 대패로 각목이나 판을 깎고 밥을 쑤어 풀을 만들었다. 한 번도 화를 내는 일이 없는, 상냥한 숙부였다.

유지의 집은 모토스미요시[11]의 선로 주변에 있었다. 유지의 누나 도모코는 어릴 때 일을 도와주기로 하고 남의 집에 보내졌다고 들었다. 어머니에게 듣기로 유지의 아버지는 유도를 잘해서 싸움에 진 적이 없었다고 한다.

유지와는 양동이와 망을 가지고 거북이와 게를 잡으러 간 기억이 생생하게 남아 있다. 우리는 모토스미요시에서 함께 걸어 다녔는데 거기엔 미군부대도 있고 자위대도 있었다. 둑에 올라가 강변을 내려다보면 거북이가 해안가로 올라오는 것을 볼 수 있었다. 그

---

11) 일본 가나가와현 가와사키시 나카하라구에 있는 도쿄 급행 전철의 역.

럴 때마다 우리는 거북이를 잡기 위해 뛰어다녔다. 둑을 지나면 빽빽하게 자란 대나무와 함께 억새와 같은 다양한 잡초가 자라고 있었다. 게가 있을 것 같은 구멍을 발견하기라도 하면 튼튼한 나무 막대기로 몇 번이고 들쑤셨다. 그러면 어김없이 게가 나왔다. 물리지 않게 위를 누르며 잡았다. 그렇게 나와 유지는 열심히 게를 잡아 양동이에 담았다. 게가 양동이 가득 차면 부글부글 거품을 뿜어 냈다. 게가 불만을 뿜어내는 듯했다. "우리를 이렇게 양동이에 가두다니." 손과 다리가 억새 잎에 긁혀 피가 나 쓰라렸지만 게를 잡는 데 열심이었다. 아픔도 잊고 무아지경이었다.

유지는 집에서 현미경으로 잎이나 벌레 그 밖에 다른 여러 물건들을 보고 관찰했다. 유지는 나와 동갑내기였지만 침착한 과학자처럼 보였다. 다른 사촌형제[12]들도 모두 사랑스러워 참을 수 없었다.

세월이 지난 지금 그들은 무엇을 하고 있을까? 보고 싶고 그리워서 견디기가 힘들다. 하루에도 몇 번이고 그들이 보고파 그리움이 뼛속 깊이 파고든다.

＊　＊　＊

나의 어머니 이시카와 미요코는 귀하게 자랐다. 일본 국회의원

---

12) 갓짱의 동생 미치코, 아키코, 사부로와 유지의 동생 요시코, 이사오.

집안의 자제였으며 부잣집 외동딸이었다. 키도 170㎝나 되는 미인이었다. 재능도 많았는데 간호부학교에서 산파 자격도 땄고 요리학교에서 요리사 자격도 땄다. 그뿐만 아니라 뜨개질이나 분재, 주산 2급 자격증도 땄다. 여러 방면으로 솜씨가 좋았다. 심지어 가게의 간판도 써 주는 명필이었다. 그런 어머니가 지옥과도 같은 곳에서 얼마나 고생을 하다가 일생을 마쳤을지 생각하면 눈물이 멈추지 않는다.

아버지는 한국의 경상북도 달성군 하빈면[13)]에서 태어났다. 이름은 도삼달, 고향은 대구이다. 옛날부터 대구의 도씨는 이름 있는 선비 집안이라 들었다. 일곱 형제 중 셋째가 아버지다. 아버지는 일제강점기 때 13살이란 어린 나이에 강제징용으로 일본에 끌려갔다. 그때가 1931년이었다.

제일 먼저 후쿠시마의 군수품 공장에서 건설일을 했다. 그곳에서 강제징용 일을 하다 많은 사람이 죽었다. 일을 하다가 죽기도 했고 탈출을 시도하다 죽임을 당하기도 했다. 아버지는 당시로는 큰 키인 175㎝에 80㎏가 넘을 정도로 건장한 체격이라 그런지는 몰라도 끝까지 잘 살아 버텼다. 그곳에서 있을 때 박점생이라는 여성을 만나 결혼을 하기도 했다. 그리고 딸 한 명을 낳았다.

---

13) 대구광역시 달성군 북서부에 위치한 면으로, 다사읍과 함께 달서구 성서 생활권에 있다. 면적은 36.70㎢. 북쪽으로 칠곡군 지천면 및 왜관읍, 동쪽으로 달성군 다사읍, 남쪽으로 고령군, 서쪽의 성주대교를 건너면 성주군이 위치해 있다. 면 내에 그린벨트가 많아 대부분은 농경지이다.

1945년 8월 15일 일본이 연합군에게 항복을 선언했다. 하지만 일본에 끌려 왔던 한국인들은 고향에 다시 돌아가고 싶어도 마음대로 갈 수 없었다. 돌아가려면 조선총독부에다 상당한 돈을 지불하고 도항증[14]을 받아야만 했다. 그렇다고 재일 조선인들은 당장 징용 일을 그만둘 수도 없는 노릇이었다. 그저 먹고살기 위해선 그 일을 계속할 수밖에 없었다. 아버지 역시 마찬가지였다.

아버지는 가와사키로 다시 강제징용이 되면서 다른 작업장으로 끌려갔다. 그래서 아내 박점생 그리고 딸과 원치 않는 이별을 하게 됐다. 그 이후로 연락이 끊겨 서로 소식을 알지 못했다. 나중에 들리는 소문에 아내 박점생과 딸은 남편 없이 조선총독부를 통해 한국으로 되돌아 갔다고 했다.

아버지는 가와사키로 끌려가 노가다 일을 했다. 그 당시 재일 조선인들의 생활은 가난했으며 안정된 생활을 할 수 없었다. 재일 조선인들이 주로 하는 일은 막노동 아니면 막걸리 밀조였는데 그것도 누군가 밀고라도 하면 경찰이 들이닥쳤다. 그들은 막걸리가 든 커다란 항아리를 사정없이 부수었다. 그런 일이 있을 때마다 재일 조선인 아줌마들은 바닥을 치며 "어찌할꼬" 하고 통곡했다. 재일 조선인들은 금방이라도 무너질 것 같은 판자촌에서 생활하는 것이 당연한 일이었다.

당시 일본은 한반도와 중국의 만주, 필리핀, 동남아시아 등을 침

---

14) 배를 타고 나라 밖으로 나가는 것을 허락하는 증명서.

략해 식민지를 만든 후 싼 노동력을 자국으로 끌고 왔다. 강제징용으로 끌려온 그들은 전쟁이 끝나고도 생활 기반이 전혀 없었고 정책적인 보호도 받지 못해 제대로 된 생활을 할 수 없었다. 그래서 생존권운동이나 민생운동, 반정부운동이 여기저기서 일어나곤 하는 시기였다.

그런 시대적 배경 때문에 아버지는 그곳에서 재일 조선인이 부당한 일을 당하기라도 하면 제일 먼저 앞장서서 싸우기 시작했다. 그 소문이 그 지역에 나서 어머니의 귀에까지 들어가게 되었다. 아버지는 선이 굵고 남자답게 잘생긴 외모에 체구도 크고 힘도 세서 주위 여자들에게 인기가 많았다. 어머니도 그런 이유였는지는 몰라도 아버지가 재일 조선인임에도 불구하고 사랑에 빠지고 말았다.

이 사실을 알게 된 외할아버지는 노발대발했다. 일본 국회의원 집안에 어디 조선 사람을 들이느냐며 극심한 반대를 했다. 하지만 어머니는 아버지를 너무 사랑한 나머지 집을 나와 따로 살림을 차리고 결혼을 했다. 결혼을 했다고는 하지만 정식 서류는 없는 상태였다. 외가에서 반대했기 때문에 그냥 그 반대 속에서 살았다. 아버지는 1918년에 태어났고 어머니는 1925년에 태어났으니 두 분은 7살 차이였다. 결혼하며 얻은 아버지의 일본 이름은 이시카와 산다쯔. 어머니의 성인 '이시카와'를 따랐고 산다쯔는 '삼달'의 일본식 표기였다.

그런 두 분의 사랑으로 해방 후 2년이 지난 1947년에 내가 태어났다. 그해에 외할아버지가 돌아가셨다. 그세야 아버지와 어머니는 나를 데리고 외할머니가 사는 미조노쿠치의 2층 집 본가로 들어올 수 있었다. 외할머니는 나를 많이 귀여워해 주셨는데 외할아버지와 마찬가지로 재일 조선인 출신인 아버지를 탐탁지 않게 생각하셨다. "마사보, 너네 아버지 한국 사람은 야만인이다. 야만인." 그런 얘기를 내게 자주 하셨다.

아버지는 재일 조선인들을 지키기 위해 싸워 왔고 그들을 위해서 살아왔다고 해도 과언이 아니다. '당시 대동신용은행조합[15]의 위원장인 윤석봉, 일본의 조총련 부의장이자 조선합영 무역회사 총사장[16]인 정재필 그리고 아버지와 가장 가까운 의형제인 이성락을 비롯하여 그 밖에 다른 여러 의형제들과 반전 삐라[17]를 붙이거나 일본 각지에서 투쟁을 펼치는 등 재일 조선인의 권리를 지키기 위해 싸웠다. 아키하바라에서 조선독립만세운동이 있던 때 윤석봉 아저씨는 아버지에게 조총련 의장인 한덕수를 소개했다.

그 후부터 아버지는 행동대로서 이들과 함께 더 다양한 싸움을 했다. 힘으로 싸우는 일, 목숨을 걸고 싸우는 일에는 언제나 아버지가 선두에 섰다. 우리는 외할머니와 같이 2층에 살았는데 밤이 되면 의형제들과 부하들이 집으로 찾아와 2층 마루 아래에 숨겨 둔 권총이나 무기를 가지고 전투장에 나갔다.

---

15) 재일 교포들에게 돈을 빌려 주는 일종의 은행.
16) 정재필은 북한에 1972년에 귀국했는데 그때 북한에서 이 지위를 받았다.
17) '전단(선전이나 광고 또는 선동하는 글이 담긴 종이쪽)'의 북한어.

내가 이처럼 말을 할 수 있는 건 아버지, 어머니뿐만 아니라 의형제분들이 내게 뭐든지 이야기를 해 주었기 때문이다. 의형제 아저씨들은 나를 아들처럼 귀여워해 줬으며 본인들이 하는 일과 조총련에 관한 것은 물론 그와 연관된 여러 인물들에 관한 것 등등 다양한 이야기를 구체적으로 들려주었다. 내가 그 뒤를 이어 주길 바란 건지도 모른다. 윤석봉, 이성락, 야스다, 리진배, 리무영 그리고 북한에 있는 정재필, 신성균 등이 현재 조총련의 토대를 만들었다. 북한 조총련 역사의 주요 인물들이다.

외할머니는 아버지가 이런 활동을 하자 더욱 미워했다. 두 분의 갈등은 점점 심해져 갔다. 외할머니는 예전부터 1층에서 닭고기와 계란을 팔면서 술집을 했다. 항상 커다란 장바구니를 등에 메고 양계장에 가서 닭과 계란을 사 왔다. 한번은 당시 복싱 챔피언이었던 피스톤 호리우치라는 자가 술을 마시고 가게에서 일하는 여급을 희롱했다고 한다. 아버지는 싸움을 하기 전마다 하는 특별한 의식이 있었는데, 늘 티셔츠 한 장을 걸치고 새 가죽 구두를 신었다고 한다. 아버지는 그 길로 피스톤 호리우치를 찾아가 두들겨 패고 박치기로 실신시켰다. 그 이후부터 호리우치는 술병을 들고 "형님 형님" 하며 아버지를 자주 찾아왔다. 호리우치 아저씨는 나를 아주 귀여워해 줬다.
한번은 미국 헌병 두 명이 술을 마시고 돈도 내지 않고 가게를 나갔다. 가게에 일하는 여급이 "사장님" 하며 아버지에게 일렀다.

아버지는 또 티셔츠 한 장을 걸치고 새 구두를 신고 나갔다. 집에는 늘 가죽 구두가 많았다. 아버지를 잘 아는 이들은 모두 그걸 보고 무서워 부들부들 떨었다. 아버지는 정말 눈 깜빡할 새에 미국 헌병 두 명을 제압하고 권총을 빼앗았다. 권총은 가게 옆 흐르는 강물에 던지고 두 명의 머리를 물속에 처박았다가 꺼냈다.

이런 일화들로 인해 아버지는 동네에서 더욱 유명해졌다. 우리 집에 오는 편지는 수신인 '이시카와 산다쯔', 주소 '미조노쿠치 역전 앞'만 적혀 있어도 모두 도착했다. 더 구체적인 주소도 필요 없었다. 그 정도로 유명 인사였다.

이제 사람들은 싸움이 나면 경찰서에 가는 것이 아니라 아버지를 찾아왔다. 그 시대의 싸움이란 선조 대대로 벽에 걸어둔 창이나 일본도를 꺼내 대결을 하는 것이었다. 그래서 목숨이 왔다 갔다 할 정도로 살벌했는데 싸움판이 너무 커서 아무도 말릴 수 없을 때는 바로 "이시카와 씨!" 하고 아버지를 찾아왔다. 그리고 "싸움 좀 어떻게든 말려 줘"라고 부탁했다. 그러면 아버지는 순식간에 창을 꺾고 일본도를 빼앗은 다음 두 사람 모두 패 버렸다. 그렇게 싸움판은 깨끗하게 정리되었다. 이때도 아버지에겐 단 하나의 신념이 있었는데, 그건 재일 조선인을 지키는 일이라면 목숨을 걸고 싸우는 것이었다.

재일 조선인들은 일본이 연합군에게 항복을 선언한 후 일본 내에 주둔한 미국의 병영을 습격해 그들이 가지고 있던 아편, 필로폰 등을 강탈하거나 그 밖에 여러 가지 방편으로 돈을 모아 일본에

저음으로 소선학교를 시었나고 한나. 만에 하나 졍칠이나 무졍딘 이 학교를 부수러 오면 아버지는 행동대원들을 데리고 선두에 서서 싸웠다.

한번은 소학교 운동회 때 민단의 습격을 받은 조총련 부의장이자 조선합영 무역회사의 총사장인 정재필이 납치되어 갔다. 그때 아버지는 단신으로 들어가 모두 때려눕히고 그를 구출해 낼 정도로 용감무쌍했다.

이런 적도 있었다. 행동대원들과 한밤중에 삐라를 붙일 때였다. 보통 한 사람이 풀을 붙이고 다른 사람이 삐라를 붙인다. 작업을 모두 끝내고 아침에 목욕탕에 목욕을 하고 나오는데 형사 8명 정도가 나타나 "네 놈이 이시카와 산다쯔인가. 너를 체포하겠다"라고 말하며 구속영장을 보였다고 한다. 그러자 아버지는 형사를 보며 느긋한 말투로 "조금만 기다려 줘. 구두를 바로 신고 갈 테니"라고 말하며 던져놓고 그들이 방심하는 순간 순식간에 그들을 발로 차고 도망쳤다. 그들은 권총을 쏘면서 쫓아 왔고 결국 아버지는 오른쪽 허벅지를 총에 맞고 쓰러졌다. 그 길로 유치장에 수감됐다. 하지만 도리어 아버지는 주눅들지 않고 당당했다. 그런 모습에 다카쓰경찰서 서장은 "이시카와 씨는 죽어도 썩지 않을 사람이다"라며 두려워했다고 한다.

아버지는 돌아가실 때까지 그때 그 사건을 내게 말했다. 틀림없이 동지 중에 누군가가 밀고를 한 것이라고…. 그게 누구인지는 확실치 않다.

외할머니와 아버지의 갈등은 날이 갈수록 점점 심해졌다. 결국 우리는 미조노쿠치 2층 집에서 나와 사카도[18]에 큰 집을 사서 따로 이사를 했다. 당시 건어물 가게를 했었는데 아버지는 어느 날 한국 여성인 가네하라(일본식 이름)를 집으로 데려왔다. 가네하라는 고2인 큰 아들, 나와 동급생인 작은 아들까지 데려왔다. 아버지는 어머니가 있는 집에 아이 두 명이 딸린 첩을 들여 함께 살게 했다. 이에 할머니는 어머니에게 불같이 화를 내며 아버지와 헤어지라고 했다.

사카도로 이사 오고 난 뒤로부터 아버지는 어머니를 자주 때렸다. 그래서 어머니의 몸에는 푸른 멍이 가실 날이 없었다. 나는 어머니를 때릴 때마다 아버지의 다리에 매달렸다. 때리지 말라고 울면서 애원했지만 아버지는 나를 발로 차 버렸다. 어린 나로선 아무것도 할 수 없었다. 아버지에 대한 증오심만 커져 갔다.

가네하라를 끌어안고 키스를 하는 아버지를 볼 때는 가끔 깊은 곳에서 분노가 끓어올랐다. 가네하라는 평소 나와 여동생을 못살게 굴었다. 가네하라의 장남도 우리를 괴롭혔다. 가네하라의 작은 아들은 나와 같은 학교, 같은 교실이었지만 말은커녕 쳐다보는 일도 없었다. 그 무렵 난 아버지가 한국인이란 이유로 조선학교에 다녔다. 그 전에는 일본 학생들에게 "조센징! 마늘 냄새 나"라는 말을 들으며 괴롭힘을 당했는데 이제 조선학교에서는 "쪽발이"로 불리며

---

18) 미조노쿠치에서 그리 멀지 않은 마을.

무시당하는 설움까지 겪어야 했다.

가네하라의 지속적인 괴롭힘 때문에 결국 에이코, 히흐미, 마사코 여동생 셋은 외할머니에게 맡겨졌다. 나는 뭔가가 있을 때마다 빵이나 음식을 숨겨 여동생들에게 가져다주었다. 1년 정도 지나자 가네하라 식구들은 다른 곳으로 나갔다. 아버지의 의형제들이 와서 반대하며 가네하라를 내쫓고 마사보의 엄마를 데려오지 않으면 인연을 끊겠다고 매일같이 아버지를 설득했다. 내게 있어 가네하라는 잊을 수 없는 적이었다.

그 뒤로 우리는 사카도에서 나카노[19]로 이사를 갔다. 어머니는 이제 건어물 가게를 접고 나카노에서 외할아버지 '이시카와 야스키치' 명의로 도큐건설의 하청을 받아 함바집[20]에서 토목건설을 시작했다. 어머니가 우에노나 아사쿠사에 가서 인부를 데리고 오면 아버지가 일꾼들을 감독, 지시하며 건설을 했다. 인부의 밥을 하는 것 또한 어머니의 몫이었고 다양한 일을 받아오거나 계산을 하는 것 역시 어머니의 역할이었다. 집은 언덕을 불도저로 밀어서 만든 곳에 함바집을 만들어 그곳에서 지냈다. 나카노에선 여동생들을 다시 데리고 와 함께 생활을 했다.

아버지는 그곳에서 매일 뒷주머니에 술병을 가지고 다니며 마셨

19) 나카노는 일본 도쿄도 나카노구에 있는 지명이디. 인구는 2010년 4월 1일 기준 23,876 명으로 비교적 작은 동네이다.
20) 공사장, 광산 등의 건설 현장에 임시로 지어 놓은 식당.

다. 그런데 정말 이상한 점은 일평생 술을 마셔도 취한 걸 본 적이 없다는 것이다. 일을 하면서 물 대신 술을 마셨다. 심지어 밥에 술을 부어 오차즈케[21]를 만들어 먹곤 했다. 커다란 스푼으로 고춧가루를 가득 담아 오차즈케(물이 아닌 술로 만든 오차즈케)에 넣어 휘휘 저어서 먹었다. 그리고 술 컵에도 고춧가루를 두세 숟갈 넣어 휘휘 저은 후 새빨간 술을 마셨다. 잠들 때는 베개를 사용하지 않고 정종 병에 머리를 대고 잠을 자거나 벽돌을 타올이나 헝겊으로 감아 베개 삼았다.

이곳에 와서도 아버지의 폭력은 멈추지 않았다. 이제 아버지가 폭력을 휘두르는 방법이 약간 바뀌었는데 평소와 달리 낮에는 어머니를 때리거나 발로 차지 않았다. 폭력은 모두가 잠든 한밤중에 시작되었다. 그럴 때면 아무도 들어오지 못하게 안에서 열쇠를 걸었다. 누구 하나 막으러 올 엄두를 내지 못했다. 일전에 말리러 왔던 사람들을 모두 때려 버려서 그런 것이었다. 이웃들은 그저 걱정만 할 뿐이었다.

※ ※ ※

어느 날 밤. 모두 깊게 잠들어 있었다. 그런데 갑자기 어머니의 울음소리에 나는 눈을 떴다. 아버지는 어머니를 깨워 앞에 무릎

---

21) 일본인들이 즐겨 먹는 대표적인 음식. 물 또는 녹차에 말아 먹는 것을 오차즈케라고 한다. 간단하게 식사나 간식으로 먹는다.

꿇게 하고 때리고 있었다. 때리는데 소리를 내면 더 때린다. 어머니는 소리가 나는 걸 참아가며 버텨내고 있었다.

왜 이런 아버지인가?
어린 시절 내 인생은 지옥으로 점점 깊게 빨려 들어가는 것만 같았다.

내가 눈을 뜬 것을 눈치 챈 아버지는 부엌에 가서 식칼을 가지고 왔다. 그리고 어머니를 끌고 밖으로 나갔다. 머리가 울리고 가슴이 답답해서 참을 수가 없었다. 나는 암흑 속에서 부모님의 뒤를 따랐다. 아버지가 어머니를 벼랑 끝으로 끌고 가 식칼로 찌르는 걸 본 순간 난 손으로 입을 막았다.

'악!'

어머니의 모습이 눈앞에서 사라졌다. 아버지는 아래를 보다가 그냥 집으로 돌아갔다. 자세를 낮추고 지면을 보면 아무리 어두운 밤이라 해도 보인다. 또 아무리 어두워도 몇 초 동안 눈을 감았다가 천천히 뜨면 더 잘 보인다. 난 그걸 어린 시절부터 몸으로 익혀 잘 알고 있었다.
아버지가 사라지자마자 어머니가 있는 곳으로 달려갔다. 난 "엄마! 엄마!" 하고 작은 목소리로 부르며 불노저가 빌어낸 낭으로 뛰어내렸다. 보기 좋게 굴러 떨어졌다. 다시 "엄마! 엄마!"를 외쳤다. 잠시 후 근처에서 고통스러운 신음소리가 들렸다.

"마사보, 더 이상 아버지하고 살다간 죽을지도 모르겠어. 반드시 마사보를 다시 데리러 올게." 엄마는 부들부들 떨면서 울고 있었다. "응, 엄마 어디든 도망가. 아버지가 모르는 곳으로 어디든 도망가." 나는 울면서 무너졌다. 다행히 엄마의 몸에 큰 상처는 나지 않았지만 칼로 찔린 것만으로 큰 충격을 받았다. 엄마와 난 그날 밤 집으로 돌아가지 않고 해가 뜨기만을 기다렸다. 우리 둘은 아버지가 일을 갈 때까지 오들오들 떨어가며 기다려야 했다.

그 사건 뒤로 엄마는 집을 나갔다. 나는 매일 학교가 끝나면 엄마가 어디 있는지 찾아나섰다. 요코하마에서부터 온 동네를 찾아 헤맸다. 요코하마에는 없었다.

그때부터 내 가슴에는 슬픔과 쓸쓸함이 요동쳤다. 책을 읽어도 『엄마 찾아 삼만리』를 읽었고 노래를 불러도 쓸쓸하고 슬픈 노래만을 찾았다. 가슴이 먹먹해지는 일이 많아졌다. 장년이 된 지금까지도 즐거운 노래나 까부는 노래는 즐기지 않는다. 조용한 곳에서 들려오는 쓸쓸하고 구슬픈 노래만이 나의 상처를 감싸 주고 위로해 줄 뿐이다.

산겐자야나 미도리가오카 그리고 원래 살고 있던 사카도 신죠 등도 찾아 헤맸지만 도무지 찾을 수 없었다. 북한에 끌려가기 3개월 전까지 도쿄의 밤거리 시부야, 나카노 등등 모르는 곳도 찾아 헤맸다.

그리고 겨울이 되었다. 메구로[22]의 어느 식당을 지나치면서 슬쩍 가게 안을 들여다보니 왠지 낯익은 모습이 보였다. 그녀는 앞치마를 하고 접시를 나르고 있었다. 가게의 입구에서 가까이 들여다보다 눈이 맞았다. 엄마였다. 엄마는 접시를 두고 "마사보!"를 외치면서 달려와 나를 끌어안고 눈물을 흘렸다. 나도 엉엉 울었다. 가게 사람들과 손님들 모두가 우리를 봤다. 엄마는 나를 테이블에 앉히고 오야코동[23]을 배부르게 먹였다. 그리고 내게 반지와 돈을 주면서 당부했다. "마사보, 이 돈으로 배가 고프면 먹을 것을 사 먹어. 그리고 동생들도 잘 돌봐주고…. 돈이 떨어지거든 반지를 전당포에 맡기고 돈을 받아서 그걸로 먹을 것을 사 먹도록 해." 엄마는 본인이 메구로의 가게에서 일하고 있다는 사실을 누구에게도 말하지 말라고 했다. 1년 이상을 엄마를 찾아 이리저리 돌아다니다 마침내 만나 정말 진심으로 기뻤다. 난 그 누구에게도 이야기하지 않고 가끔씩 엄마를 만나러 메구로에 갔다.

그 사이 아버지의 의형제들인 조총련 간부들도 엄마를 열심히 찾고 있었다. 그들은 폭력을 그만두라고, 애들이 불쌍하다고 아버지를 나무랐다. 그러던 중 그들은 내가 매일 밤늦게 집에 들어오

---

22) 도쿄도의 23특별구 중 하나로 도쿄도 구부(東京都 区部) 남서쪽에 위치해 있다. 폴란드, 이집트, 쿠바 등 14개국의 대사관과 아이슬란드 총영사관이 이곳에 있다. 이미지 좋은 부자 동네 중 하나이다.
23) 닭고기를 달착지근한 국물에 조려서 계란을 풀어넣어 익힌 후, 밥 위에 얹어 먹는 일본의 대표적 덮밥 요리이다. 덮밥류 중에서는 가장 재료비가 싸고 조리법도 간단한 축에 끼므로 일본에서는 인스턴트 라면보다는 인간다운 것을 먹고 싶어 하는 독신자들의 기본 스킬이자 싸구려 밥집의 필수 메뉴이기도 하다. 비슷한 요리로는 치킨 덮밥인 가라아게동이 있다.

는 것을 수상하게 여겼다. 어느 날 다짜고짜 엄마가 어디 있느냐고 물었다. 나는 모른다고 대답을 했지만 그들 중 하나는 내가 알고 있다고 추측했다. 난 엄마와 둘 사이의 일이기에 절대 입을 열지 않았다. 그러자 아버지가 앞으로 절대 엄마에게 손을 대지 않겠다며 엄마가 있는 곳을 알려 달라고 말했다. 그래도 나는 대답하지 않았다.

하지만 여동생들이 항상 엄마가 어디 있는지 내게 묻는 것이 너무 불쌍해서 참을 수가 없었다. 게다가 내가 가장 믿는 의형제인 이성락 아저씨가 자꾸 묻자 말하지 않을 수 없었다. 대신 나는 "누구에게도 말하지 않겠다고 약속해 주세요"라고 하고서 엄마가 있는 곳을 알려줬다. 다음 날 의형제들은 엄마를 집으로 데려왔다. 이성락 아저씨가 약속을 깨서 화가 났지만 다행히 이후에는 별일이 없었다.

그런데 어찌된 일인지 아버지는 그 이후로 자주 허둥댔다. 당시 민단의 사람들이 아버지와 의형제들을 노리고 있다고 했다. 의형제들은 계속 일본에 있으면 위험한 일이 생길 수도 있으니 곧 북한에 갈 거라고 했다.

북송

　내가 요코하마의 중학교에 다니던 시절이었다. 어느 날 갑자기 가족 여행을 떠난다고 했다. 요코하마역에서 전철을 타고 어디론가 이동했다. 역 홈에는 재일 조선인 학교의 학생들이 나와 있었다. 나팔을 불며 떠나는 사람들을 환송했다. 난 도무지 영문을 몰랐다. 그때 세 명의 동급생 여자아이들[24]이 내게 세 마리의 사슴이 들어 있는 인형과 편지를 줬다. "북한에 가면 꼭 편지해 줘." 그저 어리둥절했다. 나는 그게 무슨 말인지 알 수 없었다. '어, 우리가 지금 북한에 가는 거야?'라고 생각할 뿐이었다.

　우린 요코하마에서 전철을 타고 니가타까지 갔다. 그때가 1960년 11월 무렵이었다. 난 13살이었고 내 여동생들은 12살 에이코, 11살 히흐미, 6살 마사코였다. 그때 당시 어린애들이 뭘 알고 있었을까.

---

24)　박영자, 정경자, 강정옥.

그저 부모님이 하라는 대로 했다. 부모님과 함께 북한에 가서 사는 것이었다.

조선학교에 다니며 김일성의 이름을 들었다. 북한은 매우 좋은 곳이란 이야기를 여러 차례 들었다. 그렇게 몇 번이고 북한에 대해 들었지만 실제로 보지 못해 전혀 알지 못했다. 북한말조차 몰랐다. 기억하고 있는 건 '바보'라는 단어뿐이었다.

열차는 어느덧 니가타[25]에 도착했다.

이렇게 갑작스레 북한에 가는 줄 알았더라면 미리 할머니 그리고 갓짱, 유지, 사촌형제들과 마지막 이야기라도 나누고 작별인사라도 할걸…. 할머니께선 천식이 심하셔서 언제나 내가 곁에서 등을 톡톡 두드리거나 목도 주물러 드렸다. 그런데 이제 외톨이가 되어 버린 할머니…. 갑자기 이런 일이 세상에 또 어디 있을까?

니가타의 적십자 센터에 도착했다. 거기엔 사람이 많았다. 혼잡해서 발 디딜 틈도 없는 그런 상태였다. 적십자 센터에서 일주일간 기다렸다가 소련의 3만 톤급 배가 들어오면 그것을 탈 것이라고 했다. 소련의 배는 주로 짐을 싣고 나머지에 사람을 태우는 토보르스크호와 사람을 싣는 전용배 쿠리리온호 두 척이다.

적십자 센터 내의 식사는 북한 김치에 밥이었다. 그다지 좋아하는 사람은 없었다. 소수의 먹는 사람만 맛있다고 먹었다. 적십자 센터에서 먹은 김치는 태어나 처음 보는 빨갛고 매운 배추절임이었다.

---

25) 일본 혼슈 중북부에 있는 현.

적십사 센터에 이삼 일 있다 보니 도망치는 사람도 있었다. 안에서는 조총련의 간부들이 매일 소란스럽게 여기저기 인원수를 확인하러 다녔다.

드디어 배가 도착했다. 가슴에 '48선'이라는 둥근 배지를 붙였다. 한 명 한 명 배에 타기 시작했다. 타지 않으려 버티는 사람이 있어 꽤나 어수선했다.

소련의 배는 4~5층 정도 되어 보였다. 각 방에 2단 침대가 놓여 있었다. 11월 말이라 날씨는 추웠다. 모든 사람들은 도쿄에 비해 강한 추위와 바람에 온몸을 오들오들 떨었다. 그래도 다들 갑판으로 나와 배웅하는 사람들과 인사를 했다. 손을 크게 흔들며 "먼저 갈게! 다음에 와!", "건강히 잘 있어." 모두 어딘가 즐거운 여행이라도 가는 듯했다. 뭍에는 배웅하는 사람들과 나팔을 불고 장구를 치며 환송하는 사람들로 붐볐다. 웃어야 할 일인지, 울어야 할 일인지, 들떠야 할 일인지, 쓸쓸해할 일인지, 전혀 알 수 없는 마음 상태였다.

오전 10시 기적소리가 울렸다.

그 순간 사람들의 표정은 지금도 잊지 못한다. 기적소리가 들리자 사람들은 안색이 바뀌고 긴장했다. 배를 탄 사람들도 배웅하러 온 사람들도 지금까지 나팔을 불고 장구를 치고 춤추고 까불며 떠들던 사람들도 모두 입을 다물었다. 다들 묘한 긴장감이 느껴졌다.

드디어 배가 움직이기 시작했다. 갑자기 테이프가 끊어지자 모두

"어찌할꼬!"를 외치며 쓰러졌다. 울고불고 점점 눈물의 부둣가가 되었다. 한 줄의 테이프가 끊어지기 전까지는 사람과 사람 사이의 정이 서로 연결되었지만 그것이 끊어졌으니 이제 헤어지는 것이다.

다시 살아 만날 수 있을 것인가?

기약 없는 앞으로의 인생에 대해 아무도 알지 못한 채 배는 바다에서 점점 멀어져 갔다.

그때 어머니 마음은 얼마나 아팠을까? 어머니는 태어나 자란 고향을 떠나가는 것이었다. 이국에 무엇이 기다리고 있는 걸까? 그래도 어머니는 가슴속에 하나의 단단한 희망이 있었는지 내게 "마사보, 참자. 가 보고 나서 3년만 지나면 일본인들은 귀향시킨다고 하니 참고 견디자"라며 나를 꼭 껴안았다.

그렇다면 가지 않으면 안 되는 것인가? 그런 생각이 들었다.

어딜 봐도 바다이다. 태평양은 정말 끝이 없다. 추위와 강한 바람, 특히 산처럼 큰 파도는 너무 무서웠다. 3만 톤의 배를 삼켜 먹어 버릴 것 같은 그런 파도였다. 그래서 배를 탄 사람들 중 누구 하나 멀미를 하지 않는 사람이 없었고 여기저기서 구토를 했다. 정말 힘겨운 시간의 연속이었다. 소련 여성 간호사들은 약을 가져오고 주사를 놓는 등 우리들을 돌보느라 이리저리 바쁘게 움직였다.

아버지가 식당에서 북한 사과를 몇 개 가져왔다. 너무 초라했다. 그렇게 작은 사과는 태어나서 처음 봤다. 작은 아이의 주먹보다 작았다. 아버지는 대구의 능금이 이 정도 크기라고 했다.

다들 일본의 옛날 사탕, 음식 등을 전부 바다에 버렸다. 배 안에서 선선을 했나. 북한에 가면 뭐든 다 있고 자본주의 물건은 아무 짝에도 필요 없으니 모두 바다에 버리라고 한 것이다. 그래서 그걸 따랐다.

밤새 태평양에 떠 있는 배의 갑판에는 반질반질 얼음이 얼었다. 피부를 파고드는 거친 추위 속에서도 소련 남녀가 반소매 셔츠 한 장을 걸치고 갑판 벤치에서 서로 끌어안고 키스하는 것이 인상적이었다.

아침이 되자 누군가 북한이 보인다고 외쳤다. 북한 쪽에 가까워질수록 파도가 잔잔해졌다. 갑판에 나온 사람들 가운데 일부는 외쳤다. "조선민주주의인민공화국 만세, 김일성 만세!" 사람들은 따라서 "만세, 만세" 하고 외쳤다. 내겐 모든 것이 기묘하고 이상할 따름이었다.

당시 그걸 '귀국선'이라 칭했다. 나는 재일 조선인이 북한에 가는 것을 '귀국'이라고 생각한 적이 단 한 번도 없다. 왜 '귀국'이라 하는가? 같은 민족이라서? 귀국이라는 건 자신이 태어나고 자란 나라나 아버지나 어머니의 고향이거나 선조들의 뼈가 묻혀 있고 친척들이 있는 나라로 돌아가는 것이다. 자신의 나라에 돌아가는 것이 귀국이다. 그런데 일본에 사는 재일 조선인의 90% 이상은 모두 남한에서 왔다. 대한민국이 태어난 고향이며 부모님과 친척들도 모두 그곳에 있다. 대한민국이야말로 자신의 나라이다. 그럼에도 불구하고 조총련의 선전과 일본 성부와 석십사사의 협력에 의해 새일 조선인과 한국인을 살아 돌아올 수 없는 지옥으로 보낸 것이다.

얼마나 많은 사람들이 언제쯤 살아 돌아갈 수 있을까 하고 북한과 조총련을 원망하며 죽어 갔는가? 눈도 제대로 감지 못한 채 말이다. 얼마나 많은 사람들이 죄를 뒤집어 쓴 채 무서운 고문과 총살로 죽어 갔는가? 꿈도 희망도 아무것도 없이 그저 동물처럼 먹고살기 위해서 지옥에서 버티고 매달렸는데 그럼에도 살아남지 못하고 후회하면서 죽어 갔는가? 역사는 반드시 심판을 내릴 것이다.

＊ ＊ ＊

청진항[26]에 배가 가까워지자 사람들이 갑판으로 나왔다. 청진항은 보잘것없고 메마르고 스산한 풍경이었다. 그곳에 마중 나온 군중들의 만세 소리가 천지를 뒤흔들었다. 당시의 강한 바람은 내 기억 속에 잊히지 않고 아직 남아 있다. 청진의 바람은 모래를 싣고 날아와 온몸을 때렸다. 얼굴을 들고 앞을 볼 수가 없을 지경이었다. 그 추운 와중에 고무신에 흰색 윗도리와 검은색 치마 저고리를 입은 여성들이 부둣가에 나와 "옹헤야"라며 노래를 부르고 춤을 추며 맞이했다. 그들 옆으로 유달리 두꺼운 잠바를 입은 기자들이 사진을 찍고 있었다. 그칠 줄 모르는 만세의 함성 속에 배가

---

26) 북한 최대의 항구. 1928년 함경선 철도가 개통되자 청진항은 함경북도 지역의 제 1항이 되었다.

항구에 닿았나.

북한 사람들은 두 명씩 기마전을 하듯 팔짱을 끼고 배에서 내린 한 사람 한 사람을 태웠다. 손에는 모두 북한의 국기를 들고 만세 소리는 계속 이어졌다. 그때 여성 한 명은 죽어도 내리지 않는다며 갑판의 살창을 잡은 채 절규했다. 젊은 부부는 부모님들이 북한에 가면 행복하게 산다며 가라고 권했다. 니이가타항까지 부부는 같이 있었다. 그런데 배를 탈 때가 되자 남편은 어디론가 도망갔다. 그것을 모르던 여자는 남편을 찾았으나 못 찾고 있었다. 그러자 인솔자가 남편은 먼저 배에 탔다며 배에 타서 남편을 찾으라고 했다. 배 출항에 지장을 주지 말라는 권고였다. 그래서 그녀는 배를 샅샅이 뒤졌으나 남편은 없었다. 그래서 내리지 않으면 안 된다고 사정한 것이었다. 그녀는 여기서 내리면 다시는 일본에 돌아갈 수 없다고 직감이라도 한 것일까? 결국 그 여성은 배에서 내리지 않았다고 들었다. 그런데 만약 일본에 돌아갔다면 소문이 있었을 것이다. 나는 지금도 그 당시의 일이 궁금하다. 설마 그 이후에 배 안에선 무슨 일이 있었을까? 과연 그녀는 무사히 살아 일본으로 돌아갔을까?

넓은 회관에서 환영 인사가 모두 끝났다. 이제 다들 버스를 타고 청진의 초대장으로 들어갔다. 우리가 들어온 곳은 방이 두 개였다. 방과 방은 중간 문으로 나뉘어져 있었다. 한쪽은 우리 가족이 사용했고 다른 쪽 방은 요코하마에서 왔나고 하는 '기타를 치는' 마사가 사용했다. 내 이름은 '마사지'였고 나도 '마사보', '마사'라고 불렸기에 내 이름과 비슷했다. 각 방 벽에는 김일성 초상화가 걸려 있었다. 그리고 시중을 들어주는 북한 여성이 배치되어 있었다. 알고 보니 그들 대부분은 한국 전쟁에서 남편을 잃은 과부였다.

초대장 안에는 매점이 있었다. 술과 밀과자, 모란 과자, 사과, 복숭아 통조림 따위가 있었다. 일본 돈을 북한 돈으로 바꿔 사용했다.

욕실은 초대장의 뒤편 외부에 있었다. 150m가량 떨어진 곳에 있었는데 처음 보는 한증욕실이었다. 그런데 욕실에서 용무를 마치고 걸어오다 보면 수건이나 머리카락 모두 바로 얼어 붙는다. 불과 150m 거리에 불과한데 말이다. 게다가 양쪽 볼까지 얼어 입조차 열 수 없을 지경이었다. 바람에 날리는 작은 모래들이 얼굴을 때렸다. 난생 처음 이렇게 추운 곳이 있다는 것을 알았다. 초대장 밖으로 단 한 발짝도 나갈 수 없다.

식사 때면 버스를 타고 식당으로 이동했다. 절대로 개별행동은 허락하지 않았다. 그런데 개고기 냄새와 말로 도저히 표현하기 힘든 역한 냄새로 아무도 먹는 사람이 없었다. 그래서 많은 이들이 식당에서 먹지 않고 초대장 매점에서 끼니를 대신했다. 앞마당에서는 배를 타고 온 젊은이들이 배구를 하며 놀았다. 방에서는 매점에서 구입한 술을 마셨다. 이러한 풍경이 초대장 안에서 1개월간 생활했던 모습이다.

우리 옆방에 있던 요코하마에서 온 마사는 김일성 초상화 앞에서 "김 씨, 오늘도 술 좀 먹여 주세요"라고 기도를 했다. 그러다 돈이 없어지신 엄마에게 부탁을 했다. 엄마는 그들 젊은 부부를 불쌍히 여겨 술 마실 돈을 줬다.

그런데 어머니는 통 먹지를 않았다. 식욕 떨어지는 불쾌한 음식 냄새가 코를 자극해 기분이 나빠진 탓일까? 그저 통조림이나 과자, 사과 정도를 사 먹었고 어머니는 아이들 생각에 한숨뿐이었다. 아버지도 깊은 생각에 잠긴 사람처럼 확 달라졌다. 아버지는 어머니와 우리들을 배려했다.

1953년 7월 27일에 끝난 한국 전쟁, 그 참혹한 전쟁의 흔적이 그대로 남아 집도 없는 살풍경에 그 주변은 폭탄을 맞아 곳곳이 큰 구덩이였다. 괴롭고 가슴이 답답한, 외로운 하루하루였고 그때 내 나이 13세, 어째서인지 일본에 대한 그리움, 친구에 대한 그리움, 사촌형제들에 대한 그리움이 점점 커져 갔다. 별명이 라이온(사자)인 나용석은 이마에 화상 흔적이 있었다. 그래서 남자 중학생들은 모두 빡빡이였지만, 라이온만은 머리카락을 길렀다. 김명수, 송상진, 최시민, 최정자. 모두 좋은 동급생들이다. 문득문득 그들이 생각났다. 그리웠다.

난 어릴 적부터 코바야시 아키라를 많이 좋아했다.[27] 그는 일본 배우이자 가수였다. 기타도 잘 치고 노래도 잘하고 남자다웠다. 그

---

27) 그 밖에 이시하라 유지로, 미소라 히바리도 아주 좋아했다.

래서 일본 내에서도 인기가 많았다. 나는 그가 가난하게 커 왔고 혼자서 많은 역경을 이겨낸 인생 성공 스토리를 가지고 있어 더 많은 동질감을 느꼈고 더 많이 좋아하게 되었다. 그의 노래 중 「즌도코 부시」라는 곡을 좋아했고 특히 「사스라이」라는 곡을 즐겨 불렀다. 「사스라이」의 가삿말은 이렇다.

밤이 또 온다. 추억을 데리고 온다.
나를 울리지 않게 발자국 소리도 없이
그 언제 되면은 내 뜻을 이룰까.
어차피 죽는다면 나 혼자 혼자이다.

고향을 떠나면 얼마나 고향이 그리워지는지…. 이국에서 사는 기분은 경험해 보지 않은 사람은 알 수 없다.

* * *

한 달이 지났다. 아버지는 어디서 들었는지 "일본 조총련에서 북한에 간 사람들을 평가한 서류를 중앙 노동당에 보냈다"라고 했다. 그 평가표는 청진에서 북한 각지로 보내진 듯했다. 초대장의 부위원장이라는 자가 우리 가족을 인솔했다.

청진에서 기차를 탔는데 일본의 전철과는 완전히 다른 난생 처음 보는 매우 열악한 기차였다. 제대로 된 유리창이 없었다. 비닐이나 보자기로 창을 막아야 했다. 우린 청진에서 함경남도에 있는 신상군이라는 곳까지 이동했다. 꼬박 24시간 이상을 달려야 할 정도로 먼 거리였다. 도착할 때까지 기차의 빈 창 너머로 보이는 것이라곤 황폐해질 대로 황폐해진 황야, 드문드문 있는 집들 그리고 6·25 전쟁 당시 폭탄을 맞아 생긴 큰 구멍투성이의 논과 밭 천지였다. 기차 안에서 느끼는 12월 말 북한의 추위는 전신이 오들오들 떨릴 정도였다. 그나마 창 아래 작은 스팀이 있는 곳에 발을 올려 몸을 따뜻하게 하는 것이 유일한 구원이었다. 그곳은 거의 눈 덮인 을씨년스러운 벌판뿐이었다. 다음 날 어슴푸레해질 무렵 신상역에 도착했다.

많은 학생들이 우리를 환영하기 위해 나와 있었다. "오매에도 잊을 수 없었던 재일 동포여, 이국에서 산 세월이 얼마였던가. 공화국의 공민이 된 영광을 안고…" 노래를 부르며 우리를 마중했다.

개찰구 밖은 온통 순백색이었다. 눈으로 덮여 어디가 어디인지 모를 정도였다. 부위원장은 역에서 100m 정도 떨어진 여관으로 우리를 안내했다. 여기서 하룻밤 묵고 내일 간다고 했다. 눈은 허리를 넘을 정도로 깊게 쌓여 있었다. 누군가가 먼저 발자국을 낸 곳을 따라 밟으며 여관까지 걸어갔다. 고작 이제 6세 되는 막내 여동생 마사코는 깊게 쌓인 눈길에 몇 번이나 굴렀다. 제대로 걷기 힘들어 울었다. 부위원장은 우리를 여관으로 안내하고 "내일 아침 차가 올 것이니 그걸 타고 갑시다"라고 말하고 어딘가로 떠났다. 그곳에서 우린 하룻밤 떨며 잠들었고 아침을 낮이했나.

아침이 되자 부위원장이 다시 왔다. 그는 자신을 신상군에 있는 농촌경영위원회의 부위원장이라고 소개했다. 그는 신상에 자신의 가족과 집이 있다고 했다. 밖에 차가 와서 기다린다 하기에 나갔다. 그런데 어딜 봐도 차는 안 보였다.

눈앞에 보이는 건 단지 소발구 하나였다. 놀랍게도 그게 차였다. 부위원장은 그 소를 가리키며 가마니 위에 마사코를 태웠다. 마사코는 안 타겠다고 울며 떼를 썼다. 아버지는 아무 말도 하지 못하고 입술을 꾹 물고 있었다. 첫째 여동생, 에이코나 둘째 여동생 히흐미도 그저 울기만 했다. 우리를 태운 수레를 끄는 소 한 마리는 금진강을 넘고 2시간 반 정도 걸려 어느 산 아래에 도착했다. 거기가 신상군 동천리라는 산마을이었다.

아주 깊고 깊은 산속으로 왔다. 여기가 우리가 살 장소다. 조총련 의장인 한덕수의 서류에 성분[28]이 좋은 사람이라고 평가받은 사람들은 평양이나 함흥 등의 도시로 갔다. 그런데 우리는 성분이 좋지 않은 사람이었던 것이다. 동천리에는 예전부터 친일 혹은 친미 성향자, 범죄자, 도시에서 살다 추방된 성분이 나쁜 사람들이 많았다. 그리고 한씨 성을 가진 사람들의 집성촌[29]이어서 성씨가 다른 사람은 발소리는커녕 숨소리도 낼 수 없는 지방주의[30] 색채

---

28) 제일 성분이 좋은 사람은 항일 무장투쟁에 참여한 사람이고, 그다음으로 성분이 좋은 사람은 일본 식민지 때 나라를 찾겠다고 애국한 사람들 혹은 6·25 전쟁 때 미군에 대항하여 싸웠거나 그때 전사한 사람들이다.
29) 같은 성(姓)을 가진 사람이 모여 사는 촌락.
30) 자기 지방 사람들끼리 싸고돌면서 자기 지방의 이익만을 위해 다른 지방 사람들은 멀리하거나 배척하려는 행동이나 사상 및 경향.

가 매우 심한 동네였다.

우리는 농촌에서 태어나 자란 것도 아니며, 농사일을 해 본 적도 없다. 부위원장은 어느 기와집에 우리를 데리고 가 여기가 앞으로 너희들이 살 집이라 했다. 잠시 후 동천리 3반의 여성동맹위원장[31] 이 우리를 맞이했다. 그녀는 집의 부뚜막에서 불을 피워 밥을 짓고 있었다. 장독에는 20kg 정도의 쌀이 들어가 있었다. 동천리 3반에는 이런 기와집은 몇 채 없고 모두 초가집이다.

이게 그나마 우리를 배려한 것이었을까?

불을 피웠는지 두세 명 정도가 앉을 수 있을 만한 온돌이 따뜻해졌다. 이제 겨우 따뜻한 곳에서 잘 수 있게 되었다. 하지만 우리는 아무것도 없었다. 그저 보스턴 백에 갈아입을 옷이 조금 있을 뿐이었다. "오늘은 천천히 쉬세요" 하며 부위원장과 여성동맹위원장이 돌아갔다.

어머니는 아버지에게 이제 어떻게 살것이냐며 처음으로 참고 있던 눈물을 흘렸다. 아버지는 아무 말도 하지 못했다. 이제껏 자신이 북한을 위해 얼마나 목숨을 걸고 싸우고 헌신해 왔는데…. 이런 보잘것없는 곳에 보내지다니…. 이용당하고 배신당했다는 생각 밖에 안 들었을 것이다.

그 집에 들어간 날은 1960년 12월 29일이었다. 이틀만 지나면 정월이었다. 우리 일가는 한숨도 잠을 이루지 못하고 아침을 맞이했다.

---

31) 여성들만 모아서 만든 조직이 여성동맹이고 거기서 제일 높은 사람이 위원장이다.

다음 날 부뚜막에서 나뭇가지와 잎에 불을 붙여 밥을 지었다. 난생 처음 하는 일이라 어머니는 너무 힘들어했다. 불은 잘 붙지 않았고, 연기 때문에 눈이 따가워 눈물을 흘리셨다. 나무는 산에서 가져와야 했다. 이제 이곳에서의 생존이 시작된 것이었다.

아침 9시경이 되자 여성동맹위원장이 왔다. 그리고 30분 후에 군 행정 부위원장도 와서 "잘 주무셨습니까? 아침밥은 드셨습니까?"라고 물었다. 우린 부뚜막에 된장과 무가 있어 된장국을 만들어 먹었을 뿐이었다.

눈은 어느새 허리를 넘고 있었다. 우리 집 앞에는 마을 관리위원회의 서기장[32]인 여자와 주재원[33]인 최봉령이 대기하고 있었다. 우린 최봉령에게 아침부터 끌려 나와 마을 관리위원회 앞 광장에 안내되었다. 그곳에는 농장원[34]이 많이 모여 있었다. 모두들 우리를 바라봤다. 군 부위원장은 그들 앞에서 아버지와 어머니 그리고 나와 세 여동생을 소개했다.

그때 어디선가 "쪽발이!"라는 외침과 함께 주먹만 한 눈덩어리가 날아왔다. 군 부위원장이 "누구야!" 하고 크게 고함쳤다. 나는 일본에서 요코하마 조선인 중학교에 다녔다. 그래서 일본인들에게 자주 '조센징'이라고 괴롭힘을 당했다. 그런데 오늘 여기 북한에서

---

32) 주로 사회주의 정당에서, 중앙 집행 위원회에 딸린 서기국(書記局)을 통솔하는 직위. 또는 그 직위에 있는 사람. 북한에서 서기장이란 문서를 정리하는 사람을 말한다. 김일성은 처음엔 북조선의 내감위원장, 그후 총비서, 그다음 주석이 되었다.
33) 북한에서는 주재원이 경찰이다. 안전원이라고도 한다. 군에서 각 리의 주재소에 나가 주둔하고 리를 맡고 있는 안전원을 주재원이라고 한다.
34) 협동농장의 구성원.

는 '쪽발이'라며 눈이 날아온 것이다. 돌멩이도 날아왔다.

도대체 내가 있을 곳은 어디인가?
이 세상에 내가 있을 자리는 어디란 말인가?
나는 마음속으로 외쳤다.

난 몸이 부들부들 떨렸다. 아버지 역시 두 주먹이 심하게 떨렸다. 간부들은 바로 아버지에게 사과했다. 그러나 아버지는 그저 "괜찮습니다"라는 말밖에는 할 수 없었다. 관리위원회 앞에 커다란 김일성 초상화가 걸려 있는 것이 눈에 들어왔다.

집에 돌아오자 엄마는 "마사보" 하며 나를 껴안고 울었다. "미안해. 이런 곳에 너희를 데리고 와서 정말 미안해. 3년만 지나면 꼭 일본으로 다시 돌아가자"라며 통곡했다. "엄마, 걱정 마. 난 지지 않을 거야"라며 엄마의 품 안에서 말했다.

* * *

정월 아침이 되자 여성동맹위원장 딸의 김순자가 찾아왔다. 그녀는 나와 내 여동생 세 명을 데리고 설맞이 모임에 데려갔다. 그녀는 중학교 3학년이었는데 민주청년동맹위원장을 맡고 있었다. 그녀의 아버지가 일제시대 때 일본인에게 살해당한 피살자 가족이니 성분이 좋은 집안의 딸인 것이었다. 그녀를 따라 동전중학교의 교실로 들어서자 학생들이 여럿 앉아 있었다. 모두가 박수로 우리를 맞아 주었다. 중학교 바닥은 나무 마루였다. 일본군이 들어와 만들었다고 했다. 모든 교실에는 김일성 초상화가 걸려 있었다.

김순자는 나와 여동생들에 대한 환영의 말을 했다. 그 후 내게 인사말을 하라고 했다. 그때 나와 내 여동생들만 있는 건 아니었다. 우리보다 한 달 전에 일본에서 온 친구들[35]도 함께 있었다. 그녀는 대표로 내게 인사를 하라는 것이었는데 난 조선어를 하지 못해 미리 아버지에 물어 종이에 일본어로 써 둔 "우리를 환영해 주어 감사합니다"라는 말 한마디를 했다. 그러자 큰 박수가 나왔다. 우리는 다같이 앉아서 그곳에서 준비한 학예회를 봤다. 학예회를 마치자 김순자가 다시 우리를 집까지 데려다 주었다.

그날 집에 오니 니가타 적십자 센터에서 산 우산, 장화, 가마 등이 도착해 있었다. 그리고 이불도 있었다. 정말 기뻤다. 적십자 센터에 일주일간 있을 때 사서 배에 실은 것이 뒤늦게 도착한 것이었다. 당시 김순자와 그녀의 어머니도 같이 있었는데 일본 물건을 처음 보고 매우 놀랐다. 특히 우산을 처음 보는 것 같았다. 버튼을 누르면 펼쳐지는 우산이었다. 손목시계도 무척 놀라워했다. 어머니는 일본 메밀, 소면이 있어서 김순자의 어머니에게 줬다. 타올 수건도 선물로 줬는데 아주 기뻐했다.

---

35) 김상문 형제 넷과 오순남 자매 셋.

37년의 기록

    겨울을 보내고 새 학기가 되었다. 나와 세 명의 여동생은 함께 학교에 다녀야 했다. 등굣길이었다. 우리가 일본 가방을 멘 것을 본 아이들은 마치 동물원의 동물을 보는 듯 멈춰서 구경을 했다. 얼마 있다가 쪽발이라는 외침과 함께 눈덩이가 날아왔다. 그럴 때마다 막내 마사코는 내 손을 꼭 잡고 걸었다. 난 그때 오빠로서 여동생들을 안전하게 지키겠다는 다짐을 했다. 그 당시 난 중학교 1학년, 에이코는 인민학교 4학년, 히흐미는 3학년, 마사코는 1학년이었다.

    교실에 가 보니 학생의 수도 많지 않다. 깜짝 놀란 건 군대를 제대하고 온 스무 살 넘은 청년도 중학교 1학년이라는 점이었다. 아이를 가진 아버지들도 있었다. 이런 사람이 5~6명 정도 있었다. 한국 전쟁 때 제일 먼저 105호 탱크로 서울로 돌진해 공을 세운 영웅 한세곤의 남동생 한이곤이라는 사람도 있었다. 그는 중학교 2학년이었다.

    선생님이 오자 학생들은 일제히 일어섰나. 학급장이 경례 구호를 선창하자 모두가 인사를 했다. 선생님이 앉으라고 하면 그제야 앉았고 한 명씩 호명하면 일어서서 "예" 하고 대답하고 다시 앉았다. 선생님이 "이것으로 마치겠습니다"라고 하면 일어서서 학급장의 경례 구호에 맞춰 인사했다. 수업 중에 질문을 하거나 선생님의 지명에 답할 때는 책상에 오른팔의 팔꿈치를 붙인 채 90도로 오른손을 들었다. 그런데 학교에 가면 학생들이 수업은 잘 듣지 않고 떠들어서 공부에 집중하기 어려웠다. 이건 어느 나라 학교나 다 똑같다는 생각이 들었다.

학교에서는 매주 '꼬마 탱크 운동'이란 슬로건을 내세워 고철이나 종이 등을 주워 오게 했다. 군에 보내는 용도였다. 그것을 잘 모아 바치지 않으면 비판[36]을 받았다. 심할 경우 학교에서 쫓겨나기도 했다.

또 북한 학교에는 모자나 자켓을 걸치고 오는 학생들이 없었다. 구두나 운동화를 신고 있는 사람도 드물었다. 설사 구두가 있더라도 걷기 괜찮은 길이 나오면 구두를 벗고 맨발로 걸었다.

운동장에선 짚으로 가는 새끼[37]를 꼬아 똘똘 말아서 단단한 공을 만들었다. 그게 축구공이었다. 그걸 차며 놀았다. 학교에 두세 개 정도의 축구공이 있었지만 꺼내 쓸 수 없었다. 경기가 있을 때만 사용 가능했다. 축구공이 구멍이 나거나 찢어지면 생고무를 녹여 붙인 뒤 다시 바람을 넣어 사용했다. 그래서 축구공은 사실상

---

36) 비난이라는 표현을 북한에서는 비판이라고 사용한다.
37) 짚으로 꼬아 줄처럼 만든 것.

너덜너덜한 상태이긴 했다.

매일 아침 학교에선 수업 전 알몸으로 선생님에게 위생 검사를 받았다. 한 명씩 윗도리를 벗어 뒤집으면 이가 있는지 검사했다. 커다란 머릿니[38]가 나오면 그것을 양손의 엄지로 찍어 눌렀다. 그럼 뿌직뿌직 소리가 나며 피가 엉겨 붙었다. 윗도리를 검사하지 않을 때에는 아랫도리를 검사했다. 당시 팬티를 입고 있는 사람은 없었다. 추운 겨울에는 가장 너덜너덜한 바지를 안에 입고 그나마 나은 바지를 밖에 입었다.

머릿니가 있으면 집으로 돌아가야 했다. 집에 가서 가마솥에 옷을 삶아 머릿니와 서캐[39]를 죽이고 오라고 쫓아 보냈기 때문이다. 머리까지 검사했다. 머릿니로 인해 발생하는 병은 발열과 발진티푸스[40]였는데 발진티푸스는 전염병이라서 매일같이 머릿니 검사를 할 수밖에 없었다.

하루는 쉬는 시간이 되자 학급장을 맡고 있던 한격철[41]이라는 놈이 약한 아이의 목을 잡고 "입 열어!" 하고 고함을 쳤다. 그러더니 자신의 가래침을 상대 입 안에 뱉었다. 일본에서는 본 적이 없는 광경이었다. 나는 참을 수가 없어 그놈을 실컷 두들겨 팼다. 약

---

38) 잇과의 곤충. 몸의 길이는 수컷은 2~3㎜, 암컷은 2.5~4㎜로, 연한 회색이며, 복부의 가장자리는 어두운 회색이다. 날개가 없고 배는 긴 타원형이며 더듬이는 다섯 마디이다. 불완전 변태를 하고 사람의 머리에서 피를 빨아 먹는다. 전 세계에 분포한다. 옷에 생기는 이는 흰색이고, 머리에 생기는 이는 검은색이다.
39) 이의 알.
40) 리케차를 병원체로 하여 이(虱)에 의하여 전염되는 급성 전염병. 겨울에서 봄에 걸쳐 발생하는데 잠복기는 13·17일이다. 발병하면 갑자기 몸이 떨리며 오한이 나고 40도 내외의 고열이 계속되어 의식을 잃으며, 온몸에 붉고 작은 발진이 생긴다.
41) 그는 나중에 함흥시 보위부 간부가 된다.

한 애들 괴롭히는 걸 그만두라고 했다. 그날 이후 학교가 끝나면 그놈은 군대 갔다 온 선배들과 같이 매복해 나를 팼다. 하지만 나는 그래도 굴하지 않고 약한 사람을 돕는다는 원칙을 꿋꿋이 지켰다. 잠시 사정이 생겨 학교에 오기 어려운 친구가 있으면 그 집에 방문해 그날 배운 것을 가르쳐 줬고 땔감이 없으면 산에 가서 나무를 잘라 등에 짊어지고 갖다 주기도 했다. 또 친구가 아프거나 할 때는 마을의 진료소로 달려가 매달리고 부탁해서 약을 가져와 먹였다. 그런 선행 때문인지는 몰라도 2학년이 되자 난 학급장이 되었다.

그리고 난 '그 무엇도 너희 원주민⁴²⁾에게는 질 수 없다'라는 단단한 결심을 했다. '어떻게든 이긴다. 뭐든 이긴다.' 매일같이 다짐하며 공부를 열심히 했다. 그리고 학교 공부 외에도 이 세상을 알고 싶어 『마르크스 레닌주의는 무엇인가』, 『자본론이란 무엇인가』 같은 다양한 철학책을 읽고 의문을 가졌다. 그리고 그 의문을 원리적으로 이해하려 했다.

중학교를 졸업할 때 나는 중앙에서 표창을 받았다. 그러자 한동묵 교장 선생님이 도창순처럼 살라는 뜻으로 나에 대한 연극을 만들어 전교생이 보는 앞에서 공연을 하기도 했다. 그 당시는 다행히 김일성 외에 개인을 찬양하는 일이 있어도 수용소⁴³⁾에 감금하거

---

42) 북한에서 태어나고 자라난 사람.
43) 수용소는 산속에 있다. 남녀 구분 없이 한 수용소에 넣고 절대 탈출하지 못하게 철조망에 전기를 통하게 해 놓는다. 감옥과는 달리 먹을 것은 일체 주지 않기 때문에 그 안에서 풀을 뜯어 먹거나 나무 열매를 먹으며 생존해야 한다. 결국 그곳에 한 번 들어가게 되면 아무도 살아 돌아오지 못한다.

나 저빌하지 않을 때였다. 교장 선생님은 일제 강점기에 일본 와세다 대학을 졸업한 사람으로 지식이 풍부한 사람이었다. 교장은 자주 내게 훌륭한 사람이라고 격려해 주곤 했다.

그런데 이상하게 중학교 졸업 후 교장 선생님이 어딘가로 사라졌다. 아무도 행방을 알 수 없었다.

＊　＊　＊

1960년대 우리가 살던 동천리에는 일본인이 네 가족 살고 있었지만 겉으로 봤을 때 이들은 일본어를 하지 않는 것처럼 보였다. 어머니는 주위에 아무도 없을 때 그들과 비밀스럽게 일본어로 얘기했다. 1945년 8월 15일 일본 패전 당시 이곳과 하얼빈 그리고 만주의 많은 일본 사람들은 일본으로 돌아갔다. 하지만 그 기회를 놓친 일본인들은 이곳에 남아 조선의 이름으로 신분을 감추고 침묵하며 산다고 했다.

언제 일본 고향으로 돌아갈 수 있을까?

그날만 기다린다는 일본인들의 말을 듣고 어머니는 눈물을 훔쳤다. 나도 왠지 모르게 안타까운 마음이 들었다. 그저 빨리 어머니와 함께 일본에 돌아가야겠다는 생각밖에 들지 않았다.

그러던 어느 날, 주재원이 나타나 스파이 혐의가 있는 일본인들을 끌고 나왔다. "여기 일본제국주의의 스파이가 있다. 모두 잘 봐라." 그 사람들은 모두가 보는 앞에서 한 사람당 5발씩 맞고 총살을 당했다.

동천리에서는 이처럼 친일파를 색출, 숙청하는 작업이 잦았다. 일제 강점기 당시 일제의 앞잡이가 되어 경찰에 복무한 이들이나 돈 많던 지주들이 땅에 몰래 묻어 둔 일본도, 일본 경찰복, 일본 돈, 토지 문서 등이 발견되면 즉시 체포해서 죽였다. 지주들이 땅에 토지 문서를 묻어 둔 이유는 북한은 사회주의 정책을 내세워 지주들의 땅을 국가로 모두 몰수했는데 훗날 또 다시 일본군이 쳐들어 온다면 혹시 그때 내 땅을 다시 찾을지도 모른다는 헛된 희망 때문이었다.

우리 집을 감시하는 자는 주재원 최봉령이라는 자였다. 그는 틈만 나면 찾아와 이리저리 눈동자를 굴렸다. 햇수로 벌써 4년이 다 되어 갔다. 정말 지긋지긋한 놈이었다. 무엇을 먹는지 조사하고 돼지나 개에게 밥알을 먹이진 않는지를 살폈다. 당시 김일성의 방침으로 가축은 일체 풀만 줘야 했다. 만약 가축의 먹이에 밥풀 한 알이라도 발견되면 정치범으로 몰려 처벌받았다.

동천리에서 제일 미운 놈이 바로 이 최봉령이었다. 집 주인에게 아무런 양해도 구하지 않고 막 들어왔다. 언젠가 우리 집에 술을 한 병 들고 들어오더니 "일본 부인, 안주 줘요. 술을 마시러 왔어요" 했다. 그렇게 아버지랑 함께 술을 마시다가 갑자기 난동을 부렸다. 나는 재빨리 그를 때려 눕혔다. 술병이 깨지고 그 파편 위에 넘어진 그의 머리칼을 움켜 쥐며 "이 인간 쓰레기, 악마 같은 새끼 나가! 죽여 버릴 거야!" 하고 쌓인 분노를 토해냈다. 그러자 아버지가 "마사보, 이제 그만!" 하고 말렸다. 아버지는 최봉령을 끌고 밖으로 나갔다.

다음 날, 아버지와 나는 주재소로 끌려갔다. 나는 무사히 돌아왔지만, 아버지는 고문을 당하고 다음 날 돌아왔다. 그 뒤로 그는 길에서 마주치면 "쪽발이" 하면서 나를 발로 차고 주먹질을 해댔다. 이제 참을 수밖에 없었다.

동천리는 논과 밭이 극히 드물고 대부분이 산지다. 그래서 북한에서 가장 농작물을 재배하기 어려운 지역으로 가장 가난한 지역이다. 북한에서는 농장에서 생산한 것을 나라에 30%를 바치고 나머지를 가진다. 그런데 이곳은 재배 자체가 어렵기 때문에 먹고살기가 더 힘들다. 1960년 12월 우리가 왔을 당시 이미 주민들은 음식이 없어 산에서 도토리를 주워서 아끼며 먹고 있었다. 사실 평양을 제외하고는 북한 주민은 대부분 도토리를 주식으로 삼았다. 다람쥐보다 먼저 도토리를 주워 먹어야 살 수 있었다. 그게 아니면 산의 풀이나 칡뿌리를 캐내 먹었다. 칡뿌리는 가마에 쪄서 5㎝ 정도로 먹기 좋게 자른다. 많은 아이들은 그걸 주머니에 넣고 다니며 배가 고프면 꺼내어 씹어 빨며 점심을 건져 냈다.

부락[44]에는 목욕탕이 없기 때문에 집에서 가마에 물을 끓여 그 물로 몸을 닦았다. 원주민들은 우리를 쪽발이, 교포, 귀포(귀국한

---

44)   시골에서 여러 민가가 모여 이룬 마을. 또는 그 마을을 이룬 곳.

동포의 약칭)라고 했다. 우리들 몸은 얼룩말처럼 때로 얼룩져 있었다. 대개의 학생들은 작은 손칼을 가지고 있었고 그걸로 때를 긁어내면 가루가 되어 떨어졌다. 나도 나이프로 긁어 때를 민 적이 있다. 비누는 당시 정어리 기름으로 만든 비누여서 세탁해도 물고기 냄새가 났다.

북에 정착하고 3년 정도는 일본 물건을 시장에서 팔 수 있었기에 그럭저럭 음식을 사 먹을 수 있었다. 하지만 결국 바닥이 났고 더 이상 팔 것도 없어졌다. 마지막에 내가 입던 일본 학생복까지 팔아야 했다. 나와 어머니는 서로 부둥켜 안고 울지 않을 수 없었다.

* * *

1964년 4월 15일.

그날은 김일성 생일이었다. 낮에는 김일성 생일 축하 공식 행사를 보내고 저녁에는 술을 마시고 노는 것이 북한 문화였다. 동천리 최고 간부당의 위원장, 관리 위원장 그리고 군 간부들 11명 정도는 일본 여자가 요리를 맛있게 한다는 소문을 들었다며 저녁에 우리 집을 찾아왔다. 그날 어머니는 분주히 요리를 만들고 나는 옆에서 부뚜막에 불을 붙이며 같이 시간을 보냈다. 어머니는 많이 지쳐 보였지만 참으며 오랜 시간 서 계셨다.

저녁부터 시작된 술자리는 새벽 2시까지 이어졌다.

여동생들이 졸려하며 투정을 부렸다. 어머니는 손님이 있는데 그러번 예의에 어긋나니 참아 달라고 조용히 우리들을 다일렀디. 그렇게 어머니는 평생 우리에게 화 한 번 낸 적이 없었다. 여동생들은 대견스럽게 가장 안쪽 방에서 잠을 참아내며 조용히 있었다.

마침내 술자리가 끝나자 모두 돌아갔다. 그런데 그중 술에 제일 취한 이발소 주인, 한주환이라는 자가 돌아갈 기미를 보이지 않았다. "집에 못 가겠으면 내일 가세요" 했지만 혼자 돌아갈 수 있다고 고집을 부렸다. 당시 마을에는 이발소가 하나밖에 없어서 간부들이 잘해 줬다. 간부도 이발소에서 머리를 깎을 수밖에 없기에 특별 취급인 것이다. 물론, 한주환도 간부를 잘 따라다녔다.

손님들을 다 돌려 보내고 우리 가족은 모두 깊은 잠에 빠졌다. 지금껏 참은 졸음 탓에 평소보다 더 깊이 잠이 들었다. 그런데 돌아간 줄 알았던 한주환은 눈 속에서 헤매다가 다시 돌아온 모양이었다. 그런데 왔으면 들어와서 방에서 자면 될 것을 헛간에 짚을 깔고 담배를 피우다 잠이 들었다.

4월이라 짚은 더 바싹 말라 있었다. 게다가 헛간에는 불을 지피기 위해 짚, 솔잎, 장작이 잔뜩 들어 있었다. 순식간에 담뱃불이 짚으로 옮겨 붙어 화재로 번진 모양이었다.

'활활활.'

불은 순식간에 헛간에서 부엌 그리고 방으로 옮겨 붙어 활활 불타 올랐다. "불… 불이야… 불불…." 한주환은 술 때문에 제대로 큰 소리로 외치지 못했다. 그는 잔뜩 겁을 먹고 그대로 도망쳤다고 전해 들었다.

그 사이 너무 뜨거운 게 이상해 본능적으로 눈을 떴다. 온통 불바다가 된 천장이 보였다. 순간 '이건 꿈이겠지' 생각하고 다시 눈을 감으려 했다. 그런데 도무지 눈이 감아지지 않는 것이었다. 순간 정신이 번쩍 들었다. 난 부모님과 여동생들의 몸을 흔들었다.

"불이야! 불!"

난 목이 터져라 외쳤다. 서서히 천장이 무너지고 있었다. 자칫하다간 일가족이 몰살될 위기였다. 우리 가족들은 정신을 바짝 차리고 밖으로 기어 나왔다. 곧바로 지붕과 천장이 와르르 무너졌다. 정말 가까스로 목숨을 건진 것이다. 어찌나 불이 거센지 캄캄한 밤에 세상이 훤히 보일 정도였다. 짐은 아무것도 꺼낼 수 없었다.

이제야 동네 사람들도 "불이야!"를 외치며 밖으로 뛰쳐나왔다. 동네 사람들은 황급히 우물 앞에 줄을 서서 물통을 손에서 손으로 옮겨 불을 끄려 했다. 그러나 역부족이었다. 불길이 너무 거셌기 때문이다. 이미 너무 늦었다. 그 와중에도 물건을 훔쳐가는 놈들도 있었다.

정말 말도 안 되는 무서운 화재였다. 일본에서 가지고 온 알루미늄 가마와 알루미늄 대야는 한 주먹도 안 되는 덩어리로 다 녹아버렸다. 집은 화재로 전소했다.

군 산부들과 마을 간부들이 김일성의 생일을 축하한다고 모여 술을 마신 게 참사로 이어졌다. 우리는 하룻밤 사이에 모든 걸 잃고 알거지가 됐다.

다음 날.

마을이나 군에서 아무도 집을 지으러 와 주지 않았다. 모두 타 버려 먹을 것은 물론 입을 것도 없었다. 아버지가 농장관리위원회에서 약간의 식량만 받아 왔다. 검게 타 버린 기둥 3개가 있었다. 아버지는 그 기둥을 가마니로 둘러싼 뒤 바닥도 가마니를 깔았다. 우리 일가족은 그렇게 그날을 견뎌냈다.

그리고 또 다음 날.

아버지는 열심히 산에서 목재를 구해 온 다음 제재소에 가서 필요에 맞게 나무를 잘랐다. 간단하게 보수를 하기 위해서였다. 부모님은 그곳에 살기 위해 필사적으로 노력했고 그 와중에도 우리를 학교에 보내려고 열심이었다.

어머니는 너덜너덜한 몸뻬[45]를 입고 절뚝이는 다리를 끌고 나가 길가의 풀과 산의 산채, 칡뿌리 등 무엇이든 먹을 것을 구해오셨다. 그것들을 열심히 삶고 불순물을 제거해 가면서 가족에게 먹였다. 정말 아무것도 없을 때는 소나무 껍질을 벗겨 그것을 가마에 익혀 먹었다. 소나무 껍질은 소다를 넣지 않으면 물러지지 않는다.

---

45) 여자들이 일할 때 입는 바지의 하나. 일본에서 들어온 옷으로 통이 넓으며 고무줄로 발목을 묶게 되어 있다.

그러나 그게 있을 리 없었다. 부뚜막의 재를 긁어내서 소다 대신 썼다. 그리고 익히면서 껍질이 부드러워졌는지 손톱으로 확인했다. 소나무 껍질을 꺼내 물로 몇 번씩 씻어내면 까만색은 아니고 정확히 밤갈색이 된다. 그것을 철로 된 절구에 넣어 절구를 찧는다. 껍질이 끈적해지면 그것으로 된 것이다. 목 넘김이 너무 힘들지만 너무 배가 고팠다. 뭐든 먹지 않으면 살 수 없기 때문에 억지로라도 조금씩 먹었다. 먹고 나면 그다음이 최악인데 똥이 나오지 않는다. 배가 아파 견딜 수 없을 지경이다. 그러면 어머니가 젓가락 같은 기다란 나무 봉으로 나의 항문을 열어 똥을 파 줬다. 그렇게 살아가야 했다. 정말 괴로웠다. 그런 환경에서도 어떻게든 학교에는 나갔다.

* * *

마을 사람들은 출산을 할 때면 항상 우리 어머니를 찾았다. 어머니가 일본 간호부학교에서 산파 자격을 땄다는 소문이 났기 때문이다. 하지만 초반에는 풍습이 달라 큰 고초를 겪었다. 어머니가 불려가 출산을 도울 때면 더운 물에 담가 아기를 씻기는데, 이걸 본 몇몇 북한 원주민들이 아기를 죽이려고 한다고 비난했다. 북한 원주민들은 아기를 출산할 때 천 조각을 잘라서 쓰거나 짚을 깔고 마치 동물처럼 출산을 했다.

출산을 도울 때 어머니는 언제나 그 집으로 가서 가위, 실, 천

소사를 가마 안에 넣고 부글부글 끓여 소독을 한다. 그리고 소독한 가위로 탯줄을 자르고 따뜻한 물에 아기를 씻긴다. 그러면 아기는 평온한 자세로 있다. 그리고 모두 건강하게 자라났다. 그 이후부터는 모두가 병원보다 우리 어머니를 더 신뢰하게 되었다.

어머니는 고집스러울 정도로 조선어를 배우지 않았다. 하루는 주재소 소장과 우동이라는 놈과 서기하는 놈이 수시로 어머니를 찾아와 북한 이름으로 바꾸라고 강권했다. "북한에 왔으면 북한의 이름을 써야지 왜 일본 이름을 쓰는가. 바꿔라"라고 매일같이 찾아와 소리쳤다. 당시 어머니의 공민증에는 민족 구별이 일본으로 되어 있었고, 이름은 이시카와 미요코로 적혀 있었다. 그놈들은 참으로 집요했다. 이번에는 주재원이 찾아와 어머니의 머리카락을 잡고 발로 차면서 이름을 바꾸라고 몰아붙였다. 그럼에도 불구하고 어머니는 자신의 부모님은 일본인이고 이름도 부모님이 주신 이름이므로 바꿀 수 없다고 당당하게 대답했다. 그러다 결국 주재소에 불려갔다. 거기에는 이미 새 공민증이 발급되어 있었다.

강제로 바뀐 조선 이름은 석춘자였다.

정말 화가 나고 분통이 터졌다.

어머니와 친한 함흥의 세탁소에 일하는 황씨 할머니도 일본 도치기현[46] 태생인데 역시 강제로 북한식 이름을 받았다. 이렇게 북

---

46) 일본, 간토의 현. 현청 소재지는 우쓰노미야시이다.

한에 사는 모든 일본인들은 민족 구별은 조선, 이름은 북한식 이름으로 고쳐졌다. 누구도 원해서 그런 것은 아닐 것이다.

어머니는 딱 3년만 지나면 일본으로 다시 돌아갈 수 있을 거라는 희망을 가졌지만, 벌써 3년하고 또 3년이 흘렀다. 이곳 사람을 포함해 다른 지역에 사는 일본인들은 너무 답답한 나머지 본토인 일본에 다시 귀향시켜 달라고 정부에 호소하러 갔다. 그런데 그들 중 아무도 돌아오지 못했다. 그 소문이 입에서 입을 타고 전해졌다. 북한은 공장이나 기관에만 전화가 있고 일반 가정집에는 없다. 그래서 소문은 입으로만 전해질 뿐이다. 북한은 예나 지금이나 보고도 못 본 척 벙어리가 되고, 말할 수 없는 나라다.

오늘도 어디서 사람이 죽었다는 소식이 들렸다. 체제에 불리한 이야기는 신문, 매스컴에 일체 없다. 라디오나 TV는 전부 몰수된 후 안전부에 등록되어 중앙방송밖에 시청할 수 없게 납땜[47]으로 고정된다. 남한 방송을 보려고 고정된 걸 몰래 만지기라도 하면 TV가 몰수되는 건 물론, 간첩으로 몰려 체포되어 갔다.

1965년 즈음부터는 '여행증명서'라는 게 생겨서 그게 없으면 근처의 다른 지역이라도 허락 없이는 마음대로 이동할 수 없게 되었다. 매주 김일성동지혁명역사연구실에서 2회씩 학습을 하는 등 정치적으로도 엄격해졌다. 그 이외에도 생활총화[48]를 조직해 엄격하

---

47) 금이 가거나 뚫어진 쇠붙이를 땜납으로 때우는 것.
48) 일주일에 한 번씩 김일성의 교시를 읽는다. 그리고 자기 비판을 하고 다른 사람 비판을 한다. 비판할 게 없어도 해야 한다.

게 관리하기 시작했다.

이렇게 통제되고 살벌한 공산주의 체제 속에 살다 보니 난 점점 거친 성격으로 바뀌어 갔던 것 같다. 그걸 보여 주는 에피소드가 하나 있다.

가끔 우리 집에 어머니를 보려고 통근 기차를 타고 놀러 오는 함흥에 사는 황씨 아줌마(도치기에서 온 일본 아줌마)가 있었다. 올 때마다 항상 막내 쌍둥이(황용명과 황용희)를 데려 왔는데 그들이 내게 "형, 형" 하면서 응석을 부리는 모습이 너무 사랑스러웠다. 내게 남동생이 없어서 더욱 그랬는지 모른다.

하루는 용희가 혀가 붓고 입 속에 고름이 생겨서 아무것도 먹지 못하고 열이 심하게 났다. 그때는 겨울방학 때여서 아버지는 일을 나가셨고 집에 아무도 없었다. 그래서 내가 용희를 업고 진료소로 향했다. 한 번도 쉬지 않고 집에서 1.5㎞ 정도의 거리를 업어 갔다. 마침내 진료소에 도착해서 30대 초반 정도 되는 진료소 소장 김오식에게 "입속의 고름 때문에 아무것도 먹지 못하니 빨리 치료해 주세요. 그리고 페니실린 주사도 놔 주세요"라고 말했다. 내 얘기를 들은 소장은 그런 일에 쓸 주사는 없다고 단칼에 거절했다. 나는 너무 화가 났다. 진료대에는 주사와 약이 가득 있었다. "이건 뭡니까! 빨리 도와주세요! 이렇게 잔뜩 있는데 왜 환자를 치료해 주지 않는 겁니까?"라고 소리쳤다. 당시 북한 농촌에서 제일 좋은 주사가 페니실린[49]이었다.

그 주사는 일반 사람은 자격이 안 되고 간부만 맞을 수 있다고 했다. 그때 침대에 축 늘어진 채 힘들어하는 용희가 보였다. 나는 한 번 더 사정을 했다. 그러자 소장은 "이런 쪽발이 새끼가!"라며 내 모가지를 잡아 눌렀다. 힘이 강했다. 그런데 보통 다리를 사용할 줄 모르는 사람은 상반신이 강하고 상반신을 사용할 줄 모르는 사람은 하체가 강하다. 그래서 나는 넘어지면서 배대되치기[50]를 했다. 뒤쪽은 유리창이었다.

'와장창창.'

유리창이 깨지며 그가 밖으로 튕겨 나갔다.

그때 내 나이 열일곱이었다.

난 더 이상 말로는 안 통한다고 생각했다. 그래서 다시 1.5㎞를 뛰어 집에서 부엌칼을 가지고 나왔다. 어머니와 황씨 아줌마가 "마사보, 왜 그래, 마사보" 하며 놀랬다. 그 길로 곧장 진료소에 달려갔다. 그러자 언제 나타난 건지 주재원이 권총을 뽑아 나를 겨누었다. 난 부엌칼을 더 세게 움켜 쥐었다. 소장은 주재원 옆에 피투성이 얼굴로 서 있었다.

잠시 정적이 흘렀다.

---

49) 페니실린은 최초의 항생제로 세균에 의한 감염을 치료하는 약물이다. 연쇄구균, 임균, 수막염균 등에 작용하여 편도염, 수막염, 임질, 중이염 등을 치료한다.
50) 유도의 던지기 기술로 상대를 맞잡은 상태에서 한쪽 다리를 상대의 배에 대고 그대로 뒤로 넘어져서 그 반동을 이용해 상대를 등 뒤로 넘겨 버리는 기술. 상당한 고난이도의 던지기 기술이다.

언제 쏠까?

난 '죽더라도 저 놈을 반드시 찌르고 죽자'라는 각오로 대치했다. 바로 그때 아버지가 문을 박차고 들어왔다. 아버지는 "바보 같은 짓 그만둬!" 하고 크게 호통 치며 순식간에 주재원을 패고 권총을 빼앗았고 내게서도 부엌칼을 빼앗았다.

밖에는 구경꾼들이 잔뜩 모여 들었다. 나는 사람들이 보는 앞에서 대체 무슨 일 때문에 이 같은 난동이 벌어졌는지에 대해 설명했다. 그러자 주재원은 소장에게 일단 주사를 놓도록 명령했다. 다행히 용희는 주사를 맞고 치료도 받은 후 집으로 돌아올 수 있었다.

그런데 그날 아버지가 돌아오지 않는 것이었다. 다음 날 낮이 되어서야 비로소 돌아오셨는데 얼굴과 온몸이 상처투성이였다. 알고 보니 주재소⁵¹⁾에 끌려가신 것이었다. 당시 주재소는 구 일본군이 세운 것을 사용했고 건물 안에는 감옥도 몇 개 있었다. 아무래도 각 마을을 담당하는 주재원 6명에게 뭇매를 맞은 것 같았다. 너무 분했지만, 아무런 말도 할 수 없었다. 그때부터 난 '그 누구에게도 지지 않는다'란 생각이 머릿속에 가득 찼고 점차 그런 성격으로 변하게 됐다.

---

51) 일제 강점기에 순사가 머무르면서 사무를 맡아보던 경찰의 말단 기관. 8·15 광복 후에 '지서(支署)'로 고쳤다.

　　　　　　　　＊　＊　＊

　전국학과경연대회가 있었다. 수학과 물리, 화학, 러시아어[52] 실력을 뽐내는 자리였다. 나는 군 단위 대회에서 1등을 해서 더 큰 도단위 대회에 불려갔다. 어머니와 같이 함흥에 갔다. 어머니는 조선어를 잘 모르기 때문에 어딜 가더라도 나와 함께 붙어 다녔다. 이제 둘이서 한 몸이었다. 도 대회에서 또 1등을 해 평양까지 불려가게 되었다. 당연히 어머니와 함께 갔다. 그곳은 평양물리학교였다.

　난 어떻게든 핵물리를 전공해야겠다는 생각이 들었다. 그곳에는 조총련 간부 기숙사가 있었는데 일본 조총련 간부의 아이들이 특별취급받는 기숙사였다. 김일성도 여기를 방문한 적이 있었다. 아버지와 가장 친한 의형제인 이성락 아저씨의 차남 이동문[53]이 마침 그 기숙사에 있는 것을 알게 됐다. 그는 내게 형님 같은 분이었다.

　동문 형님은 그곳을 방문한 나와 어머니를 따뜻하게 맞이해 주었다. 마치 자신의 어머니와 남동생처럼 말이다. 어머니와 나에게 옷도 사주고 대동문 식당에도 데려가 생과자[54]를 배 터지도록 먹게 해 주었다. 참 고마웠다.

　난 간부들 앞에서 핵물리학자가 되기를 원한다고 말했다. 그러자 간부들은 "너 자본주의 나라에서 왔지? 넌 성분이 좋지 않아"라

---

52)　중학교부터 의무적으로 배우는 과목이다. 성분 좋은 사람들이 모인 학교에서는 영어를 배운다.
53)　나라에서 발간하는 청년 잡지에 나온 인물.
54)　물기가 조금 있도록 무르게 만든 과자.

녀 그냥 일반 물리학과가 있는 대학에 가라고 했다. 하지만 일반 물리학은 내 장래 희망과는 달라 거절했다. 그래서 어머니와 다시 동천리로 돌아오게 되었다.

그나저나 훗날 너무 슬픈 소식 하나를 들었다. 이동문 형님은 고등물리학교를 졸업한 뒤 김일성종합대학[55] 정치경제학부를 졸업해서 평양 백화점 담당 지도원이 되었다고 한다. 그러다 하루는 일본에서 북한으로 온 동급생과 친구들이 그리워서 동창회를 열고 싶다고 말했다. 그런데 하필 그때 같이 있던 북한 원주민의 밀고로 보위부 놈들이 찾아왔다. "이건 반정부 음모다. 북한에 무슨 사적인 조직이나 모임이 있을 수 있단 말인가? 북한에는 노동당, 청년 동맹, 소년단, 직업 동맹, 농업 근로자 동맹, 여성 동맹 외에 그 어떤 조직이나 모임도 존재할 수 없다!"라며 그의 행동을 반동행위로 낙인 찍고 그 자리에서 때려 죽여 버렸다. 그는 김일성 표창까지 받은 적이 있지만, 그런 건 보위부에서 오면 아무 소용이 없고 그걸로 끝이다. 그건 당원이라도 마찬가지다. 이동문 형님은 그렇게 보위부에게 죽임을 당하고 말았다.

난 중학교 2학년부터 등번호 7번을 달고 축구선수로 뛰었다. 그

---

55) 평양에 있는 조선민주주의인민공화국의 국립대학이고, 1946년 10월 1일에 김일성을 기념하며 개교했다. 설립 당시에는 7개 학부, 24개 학과로 출발하였으나, 현재 3개 단과대학, 14개 학부에 50여 개의 학과가 있다. 김정일 국방위원장은 1964년에 이 대학 경제학부 정치경제학과를 졸업했다. 현재 조선민주주의인민공화국 주체교육의 최고 전당이며, 입학을 위해선 '대학 추천을 위한 예비시험'의 우수한 성적과 학교장과 시·군인민위원회 또는 소속직장의 추천이 필수적이고 철저한 출신 성분 검사 역시 거쳐야 한다.

야말로 학교 대회에서 승승장구했다. 그러자 차차 내 이름이 알려졌다. 축구는 볼을 잘 다루거나 상대를 속이는 것 같은 개인의 기술도 중요하다. 하지만 무엇보다 가장 중요한 건 순간 속도와 지구력이라고 생각했다. 남들보다 빠르지 않으면 아예 볼을 잡을 수 없고 어떤 기회도 만들 수 없었다.

난 상대편 선수를 하나둘 제치며 빠르게 골대로 진격했다. 그리고 우리 선수에게 패스를 했다. 이제 몸을 사리지 않고 전력투구해야 했다. 특히 헤딩할 때는 주저 없이 몸을 던져야 했다. 더 중요한 건 역시 시간이 지나도 지치지 않는 힘을 유지하는 것. 또 한 골이 들어갔다.

볼에 대한 강한 집념과 강한 체력이 뒷받침되지 않으면 선수 자격이 없다. 난 언제나 볼보다 빨라야 된다고 생각해 운동장을 휘저어 달리는 연습을 반복하고 또 반복했다. 그런 노력 덕분에 도 대회 선수로 출전하게 되었고 또 한 번 평양에 가게 되었다. 이번에는 축구로 가게 된 것이다. 내가 시합에 출전하니 "도창순!"을 외치며 응원이 커졌다. 경기 중에 볼이 내게 없어도 모두 내 주위를 둘러싸 달릴 수 없게 방어했다. 그 시합 이후 평양의 2·8팀[56] 축구 지도원이 자신의 팀으로 들어오길 권유했다. 하지만 난 어머니와 헤어지지 않고 사는 것이 좋아 거절했다.

---

56) 2·8팀이란 조선인민군이 세워진 날을 기념해 정한 이름이다. 이 팀은 훗날 2·8팀에서 4·25팀으로 이름이 바뀌게 된다. 김일성이 1932년 **4월 25일** 만주에서 항일**빨치산**부대를 조직했다며 이날을 인민군이 탄생한 기원으로 보고 이름을 바꾼 것이다. 북한은 이렇게 특별한 날짜를 이름으로 많이 사용한다.

그렇게 평양(平壤)에서 돌아온 후 난 신상군 신상읍 선 아래 위치한 신상고등농업학교[57]에 진학했다.

✵ ✵ ✵

고등농업학교 졸업 이후, 난 젊은이들을 모아 금진강[58] 모래밭에서 싸움법을 가르쳤다. 젊은이들은 나를 잘 따랐다. 난 그들이 잘 싸울 수 있도록 태권도와 가라테, 유술을 가르쳤다. 그리고 그걸 응용한 독자적인 무술법을 개발해 가르치기도 했다. 그뿐만 아니라 토끼뜀부터 시작하여 주먹과 손날로 타격하는 연습도 하고 상대가 칼을 가지고 있을 때 대처법도 연구해 어린 친구들에게 가르쳤다. 그래서인지 어느 순간부터 신상군에서 나를 건드리는 사람이 없었다. 심지어 군대, 안전부에서도 도창순이라고 하면 누구라도 알 만한 사람이 되어 버렸다.

그리고 스물한 살 무렵에는 어떤 일을 하든 공수[59]가 많이 생기는 일을 하지 않으면 살아갈 수가 없다고 판단했다. 일의 점수가 많이 쌓여야 분배에서 유리했다. 쉽게 얘기해서 먹을 것을 더 많이 받을 수 있다는 얘기다. 그래서 난 트랙터의 운전기사가 되기로 결정했다.

---

57) 이 학교는 아버지의 의형제이자 일본에서 노보리토조선학교 교장을 하기도 했던 교육담당 부위원장인 김효식을 통해 소개 받았다.
58) 함남 정평군 고산면(高山面)에서 발원, 동해 함흥만(咸興灣)으로 흘러드는 하천.
59) 북한어로 '어떤 일에 들인 노력의 가치'를 숫자로 나타낸 것을 말한다. 쉽게 말해 '일의 점수'이다.

트랙터는 논이나 밭을 경작할 수도 있고 트레일러를 연결해 다양한 것을 운반하기도 한다. 김일성은 트랙터 운전기사는 '농촌 기술 혁명의 선구자'라며 농민들을 힘든 노동에서 해방시키는 혁명가라고 추켜세웠다. 그런데 여기엔 사실 농촌의 아이는 대를 이어 농촌을 지키게 하고, 탄광이나 광산의 아이는 대대손손 탄광이나 광산을 지키게 하려는 속셈이 숨어 있었다. 농촌, 탄광, 광산은 성분이 가장 나쁜 사람이 사는 곳으로 절대 도시나 공장에 진출할 수 없게 하는 사회 구조인 것이다. 아무튼 당시 동천리에는 트랙터가 2대뿐이었지만, 김일성의 방침으로 인해 논, 밭 100정보[60)]에 해당하는 트랙터가 늘어나는 시점이었다.

난 얼른 트랙터 운전을 배우기 위해 트랙터반의 반장 계태주를 찾아갔다. 그는 매우 좋은 사람으로 고아로 자라 전쟁에도 참여했었고 외형은 키가 크고 말랐지만 단단한 사람이었다. 나는 어딜 가더라도 그와 항상 같이 다녔으며 그의 보디가드 역할도 자처했다. 그렇게 해서 계태주에게 트랙터 일을 배우게 되었고 그에게 운전기사도 시켜달라고 부탁했다. 그런데 알고 보니 그건 아무나 할 수 없는 일이었다.

군당 위원장이 "너는 트랙터 운전 기사가 될 수 없다"라고 정확하게 말했다. "넌 일본인이고 일본에서 온 귀국자이지 않느냐?" 그게 이유였다. 순간 눈앞이 캄캄해졌다. 트랙터 운전기사가 되면 농

---

60) 30만 평. 1정보는 3,000평이다.

촌일뿐만 아니라 결국 물자 수송도 같이 하게 될 건데 그렇게 된다면 도로망을 알게 될 테니 그건 곧 군사비밀의 노출이라는 것이다. 하지만 난 절대 포기할 수 없었다. 그냥 죽을 각오를 하고 김일성에게 편지를 썼다.

"저는 일본에서 왔습니다. 물론 어머니는 일본인입니다. 하지만 김일성 님의 교시를 따르고 그 사상대로 따르는 길에 젊음을 바치겠습니다. 트랙터 운전기사로서 혁명가가 되겠습니다."

이 편지를 써서 '평양시 조선노동당 중앙위원회 위대한 아버님 김일성 원수님 앞'으로 보냈다. 15일 정도 지났을까? 중앙당에서 온 김일성의 사자가 나타나 내게 군당으로 오라고 통지했다.

순간 '아, 이것으로 끝이다. 살해당할지도 모르겠다' 하는 생각이 번쩍 들었다. 그러다 한편으로 '그래. 뭐 어차피 언제 굶어 죽으나 김일성에 살해당해 죽으나 매한가지이다'라고 마음먹고 군당에 갔다. 그런데 그곳에 가니 의외로 트랙터 운전기사가 되어도 좋다는 허가가 떨어졌다. 그렇게 어렵게 허가를 받아낸 후 면허 시험에 합격해 마침내 내가 그토록 원하던 트랙터의 운전기사가 될 수 있었다.

그런데 내가 1년간 농장 트랙터반으로 일을 하고 나서야 겨우 배급을 받을 수 있었다. 사회주의의 슬로건은 '일하지 않는 자는 먹지도 말라. 일한 자는 일한 만큼만 받는다'이다. 그 탓에 그동안 가족들은 심한 굶주림을 겪으며 설사나 복통에 내일 시달려야 했다.

'이제 겨우 살아갈 수 있겠다'라고 생각할 무렵 김창봉[61]의 691 부대가 들어온다는 소식이 들렸다. 그 부대는 특수부대라서 군복이 아닌 잠바를 입고 다녀 일명 '잠바부대'로 불리기도 했다. 김창봉 부대가 온다는 소문에 동천에서 신상까지 10리(약 4km)가 되는 거리를 빗자루로 쓸고 그 옆으로 난 논두렁까지 미장했다.

정식으로 부대가 들어오자 아버지가 불려갔다. 성분이 나쁜 것들은 전부 밖으로 나가라고 통보했다. 막무가내였다. 그들은 신상의 공장을 습격해 경비원들을 포박하고 때리면서 공장의 설비고 뭐고 다 훔쳐갔다. 그뿐만이 아니었다. 젊은 여성들이 임신을 하는 비극도 많이 벌어졌다. 김창봉은 여기에 자신만의 왕국을 만들 생각인 듯했다.

사실 김일성은 예전부터 함경남도를 제일 싫어하고 경계했다. 함경남도는 반동분자의 우두머리, 즉 북한 체제를 반대하는 대장, 박헌용이 나온 곳이다. 비록 그는 숙청됐지만 그를 필두로 다른 반동분자 거물들도 많이 나왔다.

아무튼 우리는 집도 없이 하루 아침에 동천리에서 쫓겨났다.

결코 그곳 생활이 만족스러운 건 아니었다. 고생이란 고생은 다하면서 간신히 농장원의 아들에서 트랙터 운전기사가 되었다. 그리고 지금부터 잘하면 공장 노동자로 근무할 수 있을 거란 희망도

---

61) 항일 빨치산 출신으로 김일성의 큰 신임을 받고 민족보위상(국방장관)까지 오른 인물로, 1968년 1월 21일에 발생한 청와대 습격 사건, 하루 뒤인 22일 벌어진 미국 정보수집함 푸에블로호 나포사건 등을 주도했다. 하지만 자신의 위세를 믿고 권력을 남용하다 1969년 숙청됐다.

있었다.[62] 그런데 그 꿈이 산산히 부서졌다.

우리는 미사일 기지가 있는 신성리 옆 신풍리에 보내졌다. 아버지는 살 집을 찾기 위해 이리저리 알아보러 다녔다. 방 한 칸을 빌려 사는 웃방[63]살이라도 해 볼까 했지만 그마저도 없었고 간신히 구한 것이 작은 경비실이었다. 그곳은 탈곡장에서 들리는 탈곡기 소리에 귀가 따가울 정도로 시끄러워서 생활하기에 너무나도 열악한 환경이었다. 그곳 생활을 시작한 지 며칠 후 막내 마사코가 없어졌다. 부모님과 나 그리고 여동생들이 밤새 마사코를 찾으러 돌아다녔지만 도무지 찾을 수가 없었다. 그러다 순간 머릿속에 번쩍 스치는 생각이 있었다. 난 곧장 물이 가슴을 치는 금진강 물을 건너갔다. 도중에 691 부대에게 잡히면 큰일이기에 정말 조심해야 했다. 그래서 제방에 올라 산길로 우회해서 원래 살던 집으로 향했다.

다행히 그 집 기둥 옆에서 마사코가 자고 있었다. 그곳은 화재로 전소되고 난 뒤 몇 개의 기둥만 남은 걸 아버지가 다시 고친 집이었다. 왠지 모르게 눈물이 멈추지 않았다.

"마사코… 마사코…"

자고 있는 마사코를 살그머니 깨웠다. 제대로 먹지 못한 마사코는 눈을 떠 "오빠" 하고 내게 안겼다. "저쪽 집은 싫어. 탈곡기 소리, 그리고 경비원, 소똥, 전부 싫어"라며 울었다. "마사코, 어쩔 수

---

62) 농촌은 1년에 한 번 분배받는 데 빈해 공장 노동자는 15일에 한 번 분배를 받을 수 있다.
63) 예전의 집 구조에서, 부엌 아궁이가 딸린 방을 기준으로 하여 그다음에 있는 방. 불을 지펴도 따뜻해지지 않는다.

없어. 여기서는 살 수 없어. 어서 집으로 돌아가자. 가족들 모두가 마사코를 찾으면서 걱정하고 있으니 빨리 가자." 그렇게 간신히 마사코를 달래서 같이 산에 올랐다. 조심조심 어두운 산의 밤길을 내려와야 했다. 논두렁길을 지나 마사코를 업고 다시 가슴 깊이의 금진강을 건넜다. 집에 도착했을 때 모두 내 이야기를 듣고 눈물을 흘릴 뿐이었다.

근데 그러고 보니 그렇게 자주 폭력을 휘둘렀던 아버지도 북한에 와서는 단 한 번도 폭력을 휘두른 적이 없었다. 아버지 역시 가족을 지키기 위해 필사적이었다.

✳ ✳ ✳

신풍리에 정착한 뒤 중학교를 졸업한 첫째 여동생, 에이코와 둘째 여동생, 히흐미도 농장일을 도왔다. 그 전에는 아버지 혼자서 일을 해서 얼마 안 되는 식량으로 여섯 식구가 먹고 살기에 항상 부족했다. 농촌 노동자는 일 년 분 식량을 한 번에 분배를 받는데 아무리 절약해서 먹어도 채 3개월을 버틸 수 없다. 그것도 잡곡과 옥수수가 섞인 게 3/4이나 되고 나머지가 도정이 되지 않은 벼 나락이다. 매일 절약하고 또 절약해서 곡물을 가마에 넣고 거기에 다양한 풀을 넣어 잡탕죽을 만들어 먹었다. 그러다 음식이 떨어지면 아무것도 먹지 못해 기력이 없어졌고 나와 여동생 셋은 몇 날 며칠을 드러누워 학교에도 갈 수 없을 지경이 되었다.

부모님 역시 아무것도 드시지 못했다. 어머니는 다리를 절룩거리며 민들레, 쑥 등등 다양한 풀을 캐 왔다. 누워 있는 우리를 본 어머니 가슴은 찢어질 듯 아팠을 것이다. 어머니 역시 기력이 없으실 텐데 눈물을 참아내며 입을 꾹 깨물고 겨우겨우 움직이시는 듯했다. 풀을 삶고 짜서 그걸 10리나 떨어진 시장에 팔러 갔다가 늦게 돌아오곤 했다. 어느 날은 할머니가 계란 12개로 바꿔 줬다며 기뻐하셨다.

어머니는 그 계란을 삶아서 우리들에게 먹여 주셨다. 정말 아무것도 먹지 못해 배 안쪽에서 이상한 냄새가 올라왔다. 아버지도 많이 배가 고프실 텐데 딱 한 개만 드셨다. 도저히 이렇게는 살 수 없겠다고 판단한 아버지는 농장관리위원회의 위원장을 찾아가 "식량 좀 주세요. 부탁합니다. 그렇지 않으면 우리 가족 다 굶어 죽습니다. 제발 도와주세요"라고 사정사정해 간신히 격차미를 받아 왔다. 격차미는 농장에서 빌리는 식량인데, 나중에 분배할 때 빌린 만큼을 빼고 받게 된다. 그런데 사실 그것도 얼마 되지 않는 양이었다. 음식을 못 먹으면 힘이 없어 일을 나갈 수 없었고 일을 못하면 배급이 점점 줄어들었다. 악순환이었다. 어느새 동천리에서 온 '일본 귀국자 거지'가 있다는 소문이 지역에 파다하게 퍼졌다.

이 지역에는 일본에서 '귀국'해 온 사람이 13가족 정도 살았다. 그들은 일본에서 물건을 받거나 돈을 받거나 해서 살아갔다. 일본 물건은 큰 가치가 없는 물건이라도 그걸 팔면 몇 년간 편하게 살 수 있었다. 그런데 우리는 일본에서 오는 게 아무것도 없었다. 편지 한 통조차 없었다. 북한 원주민들은 친척들 간의 정이 강해 음식이 떨어지면 그들끼리 어떻게든 서로 도와 가며 먹고 살았지만 우리는 그런 친척들조차 없었다. 외로운 타지에서 더 외롭게 버티는 가족이었다.

그러던 어느 날 풍양리 619부대의 대대장이 나를 찾아왔다. 어디서 소문을 들었는지 부대에서 태권도를 가르치라고 했다. 풍양리 2반 주둔 군부대에서 2개월 동안 군인들을 가르치고 훈련시켰다. 나는 태권도와는 조금 다른, 내 스스로 고안한 격투기를 전수했다. 덕분에 매일 특별한 음식을 먹을 수 있었다. 그건 하얀 밥 위에 하얀 설탕을 맘껏 뿌려서 먹는 것이었다. 619부대는 외국 어디서 설탕을 수입하는 일을 담당했다. 그래서 설탕이 늘 넘쳐 났다. 보통 설탕이나 계란은 간부나 형편이 좋은 사람들만 먹을 수 있는 특별한 것이었다.

2개월이 지나 돌아갈 때가 되자 필요한 것이 뭔지 물었다. 옷이 없기 때문에 군복을 달라고 했다. 군복 4벌과 쌀을 받아 돌아왔다.

＊ ＊ ＊

신풍리에서 각종 축구 경기가 있으면 마을 대표로 불려 나갔다. 등번호는 늘 7번, 오른쪽 공격수였다. 유니폼은 상의만 지급될 뿐 바지는 없었다. 그래서 임여순이라는 여자아이가 날 위해 좋은 천을 사용하여 흰 바지를 만들어 줬다. 그녀는 성분이 좋은 가족의

외동딸로 신풍리 축산반이자 청년동맹위원징이었고 미을의 부위
원장이기도 했다. 그녀는 빼어난 미인으로 웃는 것이 너무 사랑스
러웠다. 내가 축구를 하면 그녀뿐만 아니라 다른 여자들도 "도창
순, 도창순" 하고 부르며 따라 다녔다. 그때 나는 여자아이들이 쳐
다보거나 말을 건네면 부끄러워 얼굴이 새빨갛게 달아올라서 제대
로 쳐다보지 못했다. 그래서 도리어 상대를 무시하거나 아래를 내
려다보는 부끄럼쟁이였다.

그리고 나는 연정이고 사랑이고 뭐고 별 관심이 없었다. 그저 다
른 사람의 몇 배를 일하지 않으면 살아갈 수 없다는 생각 하나만
으로 살았다. 내겐 오직 부모님과 여동생들 생각뿐이었다.

그래도 난 내게 흰 바지를 선물해 준 게 고마워 시간이 날 때마
다 임여순의 일을 도왔다. 그녀는 폭이 약 40m 정도 되는 토끼 헛
간 2곳을 관리했는데 먹이를 주거나 청소를 하는 업무였다. 나는
거기서도 트랙터 일을 했다. 내 트랙터를 가져와 거기서 나오는 토
끼똥이나 음식 쓰레기를 담아 버렸다. 점차 시간이 지나자 그녀는
점심 주먹밥을 내 몫까지 가져와 챙겨 주었다. 북한에는 도시락이
라는 게 없었다. 그녀는 보면 볼수록 상냥하고 성실하며 사랑스러
운 여자였다. 일이 끝나면 그녀는 자주 나를 불러냈다. 우리는 서
로 이야기를 나누곤 했다. 어느새 나도 그 상냥함을 점점 좋아하
게 되었다. 난 그렇게 그녀와 자주 만나 이야기만 나누었을 뿐 그
녀를 껴안아 본 적도, 키스를 해 본 적도 없었다. 그저 그녀와 함
께 있을 때면 가슴속에서 커다란 시세 초침 소리가 나는 깃처럼

두근거렸다. 그만큼 순수하게 그녀를 사랑했다.

그러던 어느 날 그녀가 먼저 내게 "너와 함께 살고 싶다"라며 결혼 이야기를 꺼냈다. 난 고민을 하다가 어머니에게 말했다. 그러자 어머니는 "마사보가 좋으면 엄마는 반대하지 않아. 마사보가 한 번 여순이의 엄마를 만나 보았으면 해"라고 했다.

그래서 하루 날을 잡고 여순과 함께 그녀의 어머니를 뵈러 갔다. 나와 여순이 사이가 좋다는 건 이미 동네에 소문이 많이 나 있었다. 여순에게 반했던 간부도 많아 사방에서 질투도 많았다. 그래서 분명 여순의 어머니도 우리 둘의 교제 사실은 익히 알고 있을 거라 짐작했다. 난 그녀의 손을 꼭 붙들고 그녀의 어머니 앞에 앉아 말했다.

"여순과 결혼시켜 주십시오."

그러자 여순의 어머니는 버럭 호통을 쳤다.

"너는 쪽발이이지 않느냐? 내 남편은 일제 시대에 쪽발이에게 살해당했다. 그런 적에게 딸을 주는 일은 절대 없을 것이다. 빨리 눈 앞에서 꺼져!"

순간 온몸이 새빨갛게 달아올랐다.

"죄송합니다."

이 말밖에는 달리 할 말이 없었다. 그렇게 밖으로 뛰쳐 나왔다. 여순이가 나를 뒤따라 나와 미안하다고 울며 불며 계속 사과를 했다. 난 그저 "괜찮아, 괜찮아"라며 그녀를 다독였다.

그리고 4개월 후, 여순은 갑작스레 평양에 있는 간부에게 시집을 갔다.

이것이 내 첫사랑이었다.

* * *

신풍에서 제대로 된 집도 없이 산 지 어느덧 3년이 지났다. 김창봉은 1968년 12월 군의 간부화 정책에 반대한 것 때문에 1969년 1월 조선인민군당위원회 회의에서 유일사상체계 문란 및 당 위신 추락 혐의로 숙청당했다. 그의 시대가 끝이 난 것이다. 김창봉의 691 부대도 해산됐다.

당시 중앙당 방침으로 함경남도는 지방주의도 강하고 반동분자가 많아 북한 체제를 반대하는 말 안 듣는 지역이라 하여, 국가적 주민 대이동이 이루어졌다. 그래서 황해도 사람들은 함경도로 갔고 함경도 사람들은 황해도로 집단 이주했다. 하지만 우리는 이주 명단에 포함되지 않아 다시 본래 살던 동천으로 되돌아갈 수 있었다.

본래 살던 집을 다시 보수해야 했다. 열심히 나무를 자르고 벽에 진흙을 발랐다. 이제 조금 살 만해졌다. 맏이인 나와 막내 마사코는 과수원에서, 첫째 여동생 에이코는 농장에서, 아버지와 둘째 여동생 히흐미는 과실 가공 공장에서 보일러와 제재 일을 하게 되었다.

과수원은 전부 산이다. 주로 사과, 배, 복숭아가 심어져 있었다. 열매가 열릴 절이 되면 노둑이 너무 많아서 반장, 분조장의 지시를 받은 남자들이 밤에 경비를 섰다. 첩첩산중에 작은 경비실이 있긴 한데 그래 봤자 나무 기둥으로 세워 가마니로 씌워서 네 명 정도 앉을 수 있게 해 둔 가설막 같은 임시 장소였다.

그러던 어느 날 밤 맹경재라는 과수반 농근동맹위원장에게 막내 마사코가 불려 갔다. 밤에 경비 서는 일은 보통 남자가 하는 일인데 뭔가 찜찜하고 이상한 기분이 들었다. 그 후 몇 개월이 지나자 마사코의 배는 점점 불러오기 시작했다. 마사코는 어쩌지 못하고 울면서 출산을 하게 됐다. 옆에서 출산을 도운 어머니도 같이 울었다. 그제야 마사코는 진실을 털어놨다. 그날 맹경재는 밤에 경비 서는 일을 핑계로 마사코를 불러내 위력으로 그녀를 강간한 것이다. 더욱 화가 나는 일은 그는 아내와 자식까지 있는 놈이었다는 것이다. 마사코는 그 당시 너무 놀라고 분했지만 도저히 부끄러워 말할 수 없었다고 했다.

다음 날 난 맹경재가 일하는 곳으로 쫓아갔다. 포도밭에 그놈이 보였다. 나는 인정사정없이 그놈을 죽도록 두들겨 팼다. 그러자 주위에 있던 분조장, 반장이 깜짝 놀라 말리러 왔다. 난 말리러 온 사람들도 전부 발로 차 버리고 주먹으로 패서 너덜너덜하게 만들었다. "왜 내 여동생을! 그것도 간부가! 평시에는 쪽발이라고 무시하고 괴롭히면서 왜! 이 자식아, 죽어!" 난 구타를 멈추지 않았다. 그 자리에서 그놈을 죽일 참이었다. 그때 누가 알렸는지 안전원과 서기까지 달려들었다. 여러 사람이 덤벼 들고 나서야 겨우 나를 멈출 수 있었다.

난 냉성재를 질질 끌고 그의 집으로 갔다. 그리고 그의 아내를 보며 "네 남편 놈이 내 여동생을 강간해 아이를 낳게 만들었다. 책임져라"라고 말했다. 그러자 여자는 "자신도 마음이 있었기 때문에 했겠죠"라며 도리어 달려들었다. 나는 한 대 치면 죽을지도 몰라 손도 댈 수 없었다. 그저 전신이 부들부들 떨릴 뿐이었다. 어느새 주변에 사람들이 잔뜩 몰려왔다. 안전원들까지 쫓아왔다. 나는 모두가 보는 앞에서 소리쳤다. "잘 들어라. 우리 가족은 쪽발이라고 상처 받고 괴롭힘 당하고 바보 취급 받으며 지금까지 버텨 왔다. 그런데 이제는 당원 간부가 내 여동생을 상처 입혔다. 너무하다. 정말 해도 해도 너무하다. 대체 우리들은 어떻게 살라고 그러는 것이냐?" 잠시 후 아버지까지 달려왔다. 아버지 눈에는 눈물이 넘쳐 났다. 그리고 강하게 문 입술에는 피가 흘러 나왔다.

이렇게 된 이상 이제 마사코는 어떻게든 아기를 기르는 수밖에 없었다. 그 아기에게 '광호'란 이름을 붙였다. 그런데 음식이 없어 배고픈 아이 엄마에게서 모유가 나올 리 없었다. 아기는 거뭇한 설사를 할 뿐이었다. 어떻게든 버티며 아기를 키워 보려 했는데 7개월이 지나자 마사코는 굶주림으로 드러누웠고 결국 광호는 죽고 말았다.

그날 밤에는 장대비가 억수처럼 쏟아졌다. 창밖으로 비 내리는 시커먼 하늘이 보였다. 아버지는 아무 말 없이 앉아 계셨고 어머니는 피눈물을 흘리셨다. 난 광호를 천조각으로 감싸 안고 삽을 챙겼다. "묻으러 갔다 올게." 그렇게 밖으로 나섰다. 내 눈에서도 눈물은 멈추지 않았다.

　장대비를 온몸으로 맞으며 산에 올랐다. 질퍽한 땅을 밟고 넘어지고 미끄러지며 산 하나를 넘었다. 그리고 가장 높은 산에 올라섰다. 너무 안타깝고 슬퍼 억장이 무너졌다. "어디에도 없는가! 이 세상의 신은!" 홀로 그렇게 외쳤다. 난 광호를 바닥에 내려두고 분노의 힘으로 힘껏 구덩이를 파기 시작했다. 그런데 거긴 커다란 소나무 옆이라 파다 보니 뿌리가 걸려 계속 파내기 어려웠다. 그래서 그 소나무 뿌리를 향해 "맹경재! 이 새끼!"라고 외치며 삽으로 찍어 잘라 냈다. 마침내 깊게 판 땅에 광호를 묻을 수 있었다. 그 순간 "떠돌아다녀. 정말로 떠돌아다녀"라는 내가 좋아하는 코바야시 아키라의 노랫말이 내 가슴에 울려퍼졌다. '더욱더 강해질 것이다.' 난 북한 원주민들에게 분노하며 더 강하게 살 결심을 했다.

＊　＊　＊

　첫째 여동생 에이코가 19세에 시집가게 됐다. 그녀가 시집을 가게 된 것에는 윤석봉 아저씨의 역할이 컸다. 그는 일본에 있을 때도 아버지와 가장 친하게 지낸 의형제 중 하나였는데 이곳에서도 둘의 친분은 여전했다. 아저씨는 당시 함흥시에서 함경남도 도당 비서를 하고 있었고 "형제! 형제!" 하며 아버지를 자주 찾아오곤 했다.

　처음 수소문해서 산속 농촌에 있는 우리 집을 찾아왔을 때 아저씨는 "아니, 왜 이런 곳에 있는가? 일본서 북한을 위해 목숨 걸고 새일 조신인을 지기는 수많은 싸움을 선두에서 히고 일본에 조선 학교를 만들고 조총련을 만들어 온 형제가 왜 이런 곳에 있는가?" 라고 하며 아버지와 부둥켜안고 울었다. 그리고 어머니에게 지금까지 고생한 이야기, 화재가 난 뒤 거지가 되어 지금은 그저 생존을 위한 삶을 살고 있다는 얘기를 들은 아저씨는 그저 눈물을 흘릴 뿐이었다. 어머니는 그에게 언제 고향에 되돌아갈 수 있는지를 물어보았다. 그러자 아저씨는 아마도 다시는 고향에는 돌아갈 수 없을 것이라는 절망적인 답을 남겼다. 그러면서 조총련 의장인 한덕수라는 자가 우리들을 속여 북한에 보낸 거라며 그를 향한 강한 분노를 쏟아냈다.

그 뒤로 윤석봉 아저씨는 우리 집에 올 때마다 돈과 음식을 가져오셨다. 그 덕에 우리 집은 다시 살아날 수 있었다. 그런데 늘 이렇게 아저씨의 원조를 받으며 살 수는 없는 노릇이었다.

그러던 차에 신상읍에 일본 고베에서 온 '강 씨'가 있었다. 강 씨는 식도암으로 살날이 얼마 남지 않았다. 그래서 나와 나이가 같은 장남 '강기성'을 장가를 보내고 싶어 했다. 기성은 에이코보단 1살이 많았고 큰 키에 마른 남자였다.

그 집은 신상에서 생활 형편이 좋은 편이었다. 마침 강 씨는 에이코가 마음에 쏙 들었는지 신부로 삼게 해 달라고 윤석봉 아저씨에게 부탁을 했고 윤석봉 아저씨는 신부로 데려오면 행복하게 해 줄 수 있는지 몇 번이고 다짐을 들었다고 했다. 어느 순간부터 강 씨는 죽기 선에 신부를 보고 싶다며 내일 찾아왔다. 우리 가족은 처음에는 그가 부담스러워 거절했지만, 윤석봉 아저씨가 자신이 꼭 책임을 지겠다고 하니 아버지 어머니도 서서히 마음을 열었다. 그렇게 에이코는 19세에 그 집 며느리로 들어가게 됐다. 우리 집에서는 아무것도 해 줄 수 있는 게 없어, 정말 맨몸으로 갔다. 고맙게도 윤석봉 아저씨는 결혼식 준비까지 해 주었다.

✳ ✳ ✳

둘째 여동생 히흐미는 과실 가공 공장에 다닐 때, 오사카에서 온 재일 교포 김승기라는 사람과 결혼을 했다. 그녀의 결혼식은 아버지와 가장 친한 의형제 이성락 아저씨가 도와주셨다. 이성락 아저씨도 윤석봉 아저씨처럼 우리가 북한에서 사는 실상을 보고 많이 놀라며 걱정했다. 이성락 아저씨는 일본에서 이곳으로 올 때, 당시 북한에 없던 통신 기계 공장을 들여와 신안주 통신 기계 공장을 지었다. 그러고 나서 그곳의 부지배인이 되어 있었다. (일본에서 기술이나 공장을 가져와도 지배인은 될 수 없었다.)

히흐미는 아이 셋을 낳아 기를 때까지 우리 집에 함께 살았다. 그런데 남편이라는 자는 일도 하지 않고 빈둥빈둥 놀았다. 아마도 그 당시의 어머니가 가장 고생하고 힘이 들었을 것이다. 우리 식구도 먹을 것이 없어 하루에 한두 끼를 먹을까, 말까 괴로워하는 처지였지만 딸을 잘 봐 줬으면 하는 마음에 히흐미의 남편에게 어떻게든 잘해주려고 하셨다. 그것이 '내리사랑'이라는 부모의 마음인

설까? 어머니는 바가지를 손에 들고 마을 사람들에게 쌀이니 옥수수 가루를 빌리러 다녔다. 그리고 아버지는 가끔 도살장으로 가서 돼지나 소를 잡고 버려진 가죽을 주워 오셨다. 종이에 불을 붙여 털은 태워 버리고 얇은 껍질만 남겨서 가족들 먹이려고 가져오신 것이었다. 보통 쌀을 한 숟가락가량 넣고 푸성귀[64] 잎이나 풀을 넣어 풀죽을 만들어 먹었다. 사실 이 정도 양이면 쌀알이 어디에 숨어 있는지 모를 정도다. 그러면 히흐미 남편은 늘 맛이 없다고 불평을 늘어놓거나 심할 때는 어머니에게 "이 할망구가" 하며 막말을 했다. 옆에서 그걸 지켜보다 못한 나는 수십 번이고 "당장 너희 집으로 돌아가"라며 화를 냈다. 결국 더 이상 어디에서 식량을 빌릴 수도 없고 먹을 것도 남아 있지 않자 히흐미와 그의 남편은 본래 살던 북창으로 되돌아갔다.

그래도 가족 중에서 가장 나은 생활을 한 것이 히흐미다. 그녀는 슬하에 다섯 명의 자녀를 두었고, 그 이후로 남편은 골동품이나 나라에서 금지된 위험한 물건을 거래하거나 몰래 묘를 파서 나온 옛 물건들 ― 일본 돈이나 구소련 군품 등 ― 을 파는 일을 했다. 목숨을 걸고 하는 돈벌이라 벌이가 좋았으며 먹을 걱정을 하지 않았다.

막내 여동생 마사코는 한엄철이라는 또 다른 놈에게 강간당해

---

64) 사람이 가꾼 채소나 저절로 난 나물 따위를 통틀어 이르는 말.

또 아이를 낳았다. 나는 뒤늦게 이 사실을 알게 됐다. '왜! 어째서 다들 이 모양일까?' 난 큰오빠로서 너무 슬퍼 견딜 수가 없었다. 난 태어난 아기를 데리고 한엄철의 집으로 쳐들어갔다. 그리고 그 가족에게 책임을 지라고 했다. 그러나 그들은 절대로 쪽발이와는 결혼시키지 않는다고 버텼다. 결국, 아이만 그 집에 주고 돌아올 수밖에 없었다.

그 사건이 있고 6개월 후, 마사코는 형무소에서 막 출소한 김의관이라는 남자에게 시집을 갔다. 그는 둘째 여동생 히흐미의 남편이 감옥에 있을 때 알게 된 자로 히흐미가 주선을 해서 알게 되었다. 그는 일본에서 온 자로, 걸신 들린 사람이라 마사코가 굶어 죽든 말든 상관없이 자기 배부른 것만 생각했다.

그 후, 그와 헤어지고 평안남도의 맹산이라는 산속에 사는 김광수라는 일본에서 온 이에게 시집을 가서 아이 둘을 낳았지만, 제대로 된 가정을 유지하지 못하고 너무 비참한 생활을 했다.

＊　＊　＊

난 과수원 일을 그만두고 다시 트랙터 일을 시작했다. 그냥 핸들을 잡고 어디론가 가고 싶었다. 그래서 논이나 밭 경작이 끝나면 트레일러를 이어 여러 물건을 운반했다. 높은 하늘을 나는 새처럼 인생의 슬픔을 안고 훨훨 멀리 날아가듯 산길은 물론, 길이 없는 곳도 두려움 없이 달려 어디든지 갔다. 벼랑을 만나면 통나무를 4개 잘라 하나씩 묶어 다이이 폭 넓이로 됐다. 그리고 조심조심 티이어를 통나무 위에 올려 골짜기와 골짜기를 건넜다. 이런 능력으로 군물품을 전문적으로 운반했다. 군은 이렇게 운전이 능숙한 사람만 쓰며 한 번 임무를 맡기면 끝까지 그 사람에 맡긴다. 특히 군부대 비밀 창고의 물품을 운반하는 경우 더욱 그러하다.

언젠가 군부대에 동원된 적이 있었다. 트랙터는 '천리마28'[65]이었다. 함흥에서 장흥을 거쳐 신훈으로 향하는 군사 공장 건설에 동원되었다. 그곳은 모두 현역 군부대이자 하나의 연대다. 나 외에 트럭이나 트랙터로 동원된 민간인은 몇 사람 없었다. 난 거기서 주는 군복으로 갈아입었다.

운송 부대에 배속되었다. 아침 기상나팔 소리가 들리면, 팬티 한 장 입고 나와 알몸인 채로 줄을 맞춰 달렸다. 이게 북에 와서 처음으로 입은 팬티였다. 11월 함흥의 성천강은 두꺼운 얼음으로 얼어 있었다. 30분 정도 달리고 나면, 지휘관이 "세면!" 하고 고함을 쳤다. 그러면 성천강 얼음 위에 서서 강변에 얼어붙은 돌을 발로 걸어 찼다. 커다란 돌이 분리되면 그걸 안고 와 얼음을 깼다. 얼음 아래의 강물로 얼굴을 씻고 냉수 마찰을 했다. 불과 10~15분의 시간이 주어졌다. "모여!"라는 구령에 대오를 다시 짜고 부대로 달려간다. 해산과 함께 옷을 입고 뜰에 모였다. 줄을 서서 "가슴에 끓는 피를 조국에 바치니 영예로운 별빛이 머리 위에 빛난다"라는 인

---

65) 여기서 '28'은 '28마력'을 말한다. 마력은 말이 일할 수 있는 힘으로 1마력이란 한 마리의 말이 1초 동안 75kg의 중량을 1m 움직일 수 있는 일의 크기를 말한다.

민군의 노래를 부르며 식당 앞에 줄을 서서 기다렸다. 내 나이 스물다섯 때의 일이다.

식당 안으로 들어가면 나무판때기로 만든 긴 테이블에 밥과 국물, 김치가 담긴 식기 세 가지를 모두 인원수대로 맞춰 놨다. 그런데 앞쪽에 줄을 선 군인 중 몇 명은 밥을 더 먹기 위해 식기째로 상의 안에 감췄다. 빈 식기가 있으면 들통이 나기 때문에 그런 것이었다. 그러면 잠시 후 뒷쪽에 줄을 선 군인이 "급식대! 여기에 밥이 없다"라고 사방에서 고함을 치곤 했다. 배급 담당은 없어진 만큼 알루미늄 식기에 밥을 담아왔다.

식사가 끝나면 다시 연병장에 모였다. 그리고 각자 운반 지시를 받고 일을 하러 나갔다. 우리의 작업은 전부 산에서 이루어졌다. 주변은 높은 산으로 둘러싸여 있었고 작업을 위해 깊은 산속으로 들어갔다. 어느 날은 불도저와 구멍 파는 기계로 산에 큰 구멍 뚫어 터널을 만드는 일을 했다. 난 트랙터를 후진해 터널 안으로 들어갔다. 트레일러가 붙어 있어 후진은 정말 어려웠고 한 번에 성공하는 일이 드물었는데 순조롭게 잘 진행되었다. 덕분에 칭찬을 받았다. 터널 속 부대원들은 트레일러에 흙을 수북히 쌓았다. 난 그것을 정해진 곳에 옮겼다. 매일 이런 식의 작업을 했다.

어느 휴일, 오늘은 다들 신흥군 마을에 가서 놀고 와도 좋다는 지휘관의 명령이 떨어졌다. 그래서 트레일러를 트랙터에 연결한 후, 거기에 부대원들을 태웠다. 맥주가 들어간 나무로 만든 술통도 몇 개 챙겨 갔다.

우리는 신흥군 마을 광장 술동에서 맥주를 꺼내 마시며 놀았다. 어떤 이는 노래하고 어떤 이는 신나게 춤을 췄다. 정오가 되자, 천지를 흔들 정도로 커다란 폭발 소리와 함께 땅이 흔들렸다. 정말 과장 하나 보태지 않고, 우리 작업장인 산 전체가 공중에 떴다가 그대로 떨어진 것이다. 지금껏 파놓은 깊은 터널에 폭약을 실은 군용 트럭 몇십 대를 넣었다. 그것을 폭발시킨 것이다. 우린 이것을 소위 산 전체를 들었다 놓는다 해서 '대공발파'라 했다.

그 후 흙을 옮기고 설비를 옮겼다. 이제 본격적으로 건설을 시작하는 것이었다. 그렇게 해서 만드는 것이 비밀 공장이었다. 장흥에서 떨어진 곳에 있는데 군수품 공장으로 규모가 상당히 컸다.

그 사이 첫째 여동생 에이코의 시어머니는 나를 결혼시키기 위해 분주히 이곳저곳을 알아보러 다녔다. 유력한 후보는 함흥시 역 앞의 신흥동에 있는 우일모라는 자였다. 함흥시 제일의 부자라고 했다. 그는 도쿄 메구로에서 구로자와라는 여자와 헤어지면서 북한으로 귀국해 왔다고 했다. 일본에서 이곳으로 올 때 공작 기계[66]를 가득 가지고 와 함흥에 전기기기 공장을 만들었다. 이 공장을 '6월 1일 공장'이라고 했다. 함흥에서 당시 일본 승용차를 가진 사람은 우일모뿐이었다.

우일모는 최영애라고 하는 32세의 귀국 여성과 함흥에서 결혼했

---

66) 기계나 기계 부품을 만드는 기계.

는데 그전에 네 번 이혼해서 최영애가 벌써 다섯 번째 부인이라고 했다. 우일모의 세 딸 중 막내인 우혜숙을 내 신부로 들이기 위해 에이코 시어머니가 그의 집에 가서 물밑 접촉을 했다. 그런데 정말 황당하게도 이 일은 부모님도 나도 몰랐던 일이다. 그냥 제멋대로 일어난 일이었다.

우일모의 아내 최영애는 계모로 특히 막내 우혜숙을 싫어해 언제나 괴롭혔다. 방에 가두거나 꼬집고 심지어 다리미로 그녀를 때린다는 소문이 함흥 시내에 자자하게 퍼져 있었다. 모든 사람이 가난했던 최영애가 당시 64세인 우일모의 재산에 눈독들이고 결혼한 거라고 생각했다. 결국 나중에 그 집안은 그녀에게 전재산을 빼앗기고 빈털터리가 된다. 그리고 우일모와 그의 가족은 어느 날 간첩 혐의라는 말도 안 되는 허위 날조죄를 뒤집어쓰게 되어 보위부에 끌려가 불귀의 객이 된다. 후에 최영애가 보위부에 뇌물을 주고 공모한 것이 밝혀졌다. 이 수법은 공장을 빼앗는 북한의 수법이다.

당시 스무 살이었던 우혜숙은 10㎝ 앞 정도밖에 안 보이는 심각한 근시였다. 사실 아무것도 안 보이는 것과 다름 없는 상태였다. 그래서 그녀를 받아 주는 곳이 있다면 어느 집이든 시집을 보낼 참이었다. 더구나 계모였던 최영애는 그녀가 너무 얄미웠기에 하루라도 빨리 다른 곳으로 보내고 싶어 했다.

그녀를 신부로 맞이하는 집은 옷장과 식기장을 준다고 한 모양이었다. 북한에서 옷장과 식기장이 있는 집은 간부 정도였다. 보통 집에는 엄두도 내지 못하는 큰 재산이었다. 에이코의 시어머니는 내가 성실하고 남자로도 멋지고 뭐든 스스로 헤니는 좋은 사람이라고 추켜 세우면서 결혼식 날까지 받아 왔다.

1월 24일 군부대에서 아침 달리기를 마치고 해산할 때 지휘관이 나를 따로 불렀다. "전보가 왔네. 빨리 집으로 가 보게. 지금까지 열심히 일해 주어서 고맙네." 이미 내가 떠나면 내 자리를 대신할 사람을 준비해 뒀다고 했다.

그나저나 전보를 받아 보고 깜짝 놀랐다. 그다음 날인 1월 25일이 결혼식이니 빨리 오라는 것이었다. 세상에 맞선은커녕 얼굴 한 번 보지 않고 결혼하는 것이 있을 수 있는 일인가? 나는 첫사랑 임여순과의 상처가 남아 있어 결혼은 생각조차 하지 않고 있었다. 어쨌든 2시간 반 정도가 걸려 집에 도착해 보니 아버지와 어머니도 전혀 모르고 있던 모양이었다. 에이코의 시어머니는 모든 것은 자신에게 맡기라고 말하며, 테이블 위에 준비해 온 떡과 과일 등을 차렸다. 그러면서 내일 함흥에서 신부와 신부의 부모님이 오기로 했으니 역까지 마중나가야 한다고 했다. 에이코의 시어머니는 우일모에게 그의 신사복을 받아 왔다. 와이셔츠, 바지, 넥타이가 있었는데 전부 길이가 길었다. 하지만 가슴둘레는 작았다. 어쨌든 태어나서 처음으로 신사복을 입었다. 넥타이를 매는 방법도 몰라 아버지가 매 주었다.

다음 날 아침이 되자, 아버지가 트랙터반의 반장에게 말해 농기세 삭업소에서 트럭을 빌려 왔다. 에이코의 시어머니는 조수석에,

난 트럭 짐받이에 각각 타고 신상역으로 나갔다. 그날은 정말로 추웠다. 바람이 피부를 칼로 에는 듯한 느낌이 들 정도로 쓰렸다.

조금 일찍 도착해 역 앞에 트럭을 세워 두고 개찰구를 바라봤다. 잠시 후, 기차가 도착하자 우일모와 그의 아내가 저고리를 입은 아가씨와 같이 나왔다. 그들 부부는 한눈에 봐도 값비싼 일본제 오버를 입고 있었다. 시어머니가 고개를 숙여 인사를 하자 나도 인사를 했다. 우리는 다같이 트럭을 타고 우리 집으로 이동했다. 집에 들어서니 부모님과 친하게 지냈던 아저씨, 아줌마 그리고 내 동급생과 친구들이 술을 마시며 결혼식 분위기를 냈다. 사정이 있어 내 여동생 둘은 오지 않은 모양이었다. 첫째 여동생 에이코가 부엌에서 분주히 뭔가를 준비했다.

다들 신부를 보고 놀라는 눈치였다. 그녀는 투박한 용모의 여성이었다. 눈이 잘 보이지 않아 우일모의 손을 잡고 상차림 앞에 앉았다. 나도 빨리 옆에 앉으라고 했다. 뭐가 뭔지 몰라 분위기에 이끌려 몸을 움직였다. 에이코의 시어머니가 이러쿵저러쿵 내 얘기를 했다. 그때도 너무 쑥스러워 신부의 얼굴을 똑바로 쳐다볼 수 없었다. 그저 벌게진 얼굴로 어찌할 바를 몰랐다.

이제 시부모님께 차례로 술을 따랐다. 그리고 인사를 했다. 부모님은 이 광경을 보지 않고 부엌에 계셨다. 필시 조용히 참고 견디셨을 것이다. 한 집안의 장남이자 외아들이 신부를 얻는 상황인데 앞이라도 제대로 볼 수 있는 사람었으면 얼마나 좋았으랴. 그랬다면 그 정도는 아니었을 것이다.

그날 밤, 시부모님들은 돌아가셨고 인쪽 방에는 이불이 깔려 있었다. 이불을 누가 가져온 모양이었다. 정말 그리운 이불이었다. 화재가 난 뒤로 이불이 없어 이불 없이 잠을 잤다. 온돌방에 누워 등이 조금 따뜻해지면 돌아누워 앞을 따뜻하게 하고 자는 식이었다. 그렇게 밤새 데굴데굴 무언가를 굽듯 자는 생활을 해온 터라 이불이 반가웠다. 그런 생각을 하고 있는데 에이코의 시어머니가 "둘 다 그쪽 방으로 가세요" 하며 우리 등을 떠밀었다.

방은 불이 켜져 있는데도 어두웠다. 북한은 220볼트를 사용하지만, 전구가 25와트여서 어슴푸레했다. 우리 집은 40와트 전구를 사용했는데 그마저도 안전원이 전기를 절약하라고 불평을 했다. 만약, 누군가 전기를 낭비하면 반동이라며 엄격하게 굴었다. 대개 북한 전구는 1개월도 못 가 끊어지는데 귀해서 언제든 살 수 있는 것도 아니었다. 아무튼 그때까지 우리 둘은 한마디도 없었다. "편히 쉬십시오"라고 한 게 서로를 향해 건넨 첫 마디였다. 우리는 그렇게 미동도 없이 앉은 채로 아침을 맞이했다.

신부 혜숙은 어머니와 함께 부뚜막에 불을 붙인 뒤, 어제 가지고 온 쌀로 밥을 했다. 그녀는 앞이 거의 보이지도 않고 살림을 해본 적이 없어서 당황하는 눈치였다. 곧 그녀의 눈에 눈물이 흘러넘쳤다. 왠지 모르게 불쌍했다. 다음 날이 되자 신부의 혼수라며 장인이 트럭으로 옷장과 식기장을 가지고 왔다. 보통 집에는 없는 매우 값비싸 보이는 일본제였다.

그날 밤 신부는 처음으로 내게 고백했다. "여보, 사실 저 아무것도 안 보여요." 그녀는 10㎝ 정도, 그러니까 뺨이 붙을 정도로 가까이 다가와야지 내 얼굴이 겨우 보인다고 했다. 그리고 계모에게 늘 두드려 맞고 심지어 다리미로 머리를 맞았다며 온몸의 멍과 상처를 내게 보여 주었다. 왜 이렇게까지 학대했는지 계모에 대한 분노가 끓어올라 참을 수 없었다. 지금까지 얼마나 고생했을지 생각하니 너무 안타깝고 불쌍했다.

며칠이 더 지나자 아무것도 못 보고 할 수 있는 것이 없는 신부를 보고 아버지가 화를 내기 시작했다. 어머니도 옆에서 거들었다. "마사보는 괜찮아?" 하지만 난 왠지 신부 우혜숙이 불쌍하고 견딜 수 없었다.

아버지는 다시 한 번 내게 말했다. "마사보야. 넌 우리 외아들이다. 하나뿐인 며느리인데 장님 같아서 아무것도 할 수 없으니 너희 어머니도 불쌍하고, 마사보도 너도 불쌍하다. 늦지 않았다. 아이가 들어서기 전에 어서 헤어져라." 그러자 난 부모님 앞에 무릎을 꿇었다. "아버지, 어머니. 그렇지만 나를 의지하고 신부로 온 여자예요. 그리고 지금까지 계모에게 괴롭힘을 당하고 살아온 불쌍한 사람입니다. 언젠가 아버지, 어머니가 이해할 날이 반드시 올 거예요. 그러니 그날이 올 때까지 나는 이 여자와 함께 이 집을 나가 살겠습니다" 하고 눈물을 흘리며 말했다. 아버지는 당장 나가라고 고함을 쳤고 어머니는 눈물만 흘릴 뿐 아무 말도 하지 않았다. 이미 우리 동네에는 일본 집 아들이 장님 신부를 얻어 불쌍하다는 소문이 퍼져 있었다.

그길로 나는 우차를 빌려 옷장과 식기장 그리고 다른 짐을 챙겨서 신부를 태워 집을 나왔다. 그리고 신상읍에 여러 집을 방문해 집을 빌려 달라고 부탁했지만 집 구하기가 쉽지 않았다. "제발 방 하나만 빌려 주세요. 이 집 일을 뭐든 돕겠습니다. 휴일에는 이 집 일도 하겠습니다"라며 큰 집에 사는 할아버지, 할머니에게도 부탁했지만 역시나 거절당했다. 그런데 갑자기 할머니가 우차에 있는 옷장과 식기장을 주면 방을 빌려 주겠다고 제안했다. 난 혼수라서 그렇게는 할 수 없다고 했지만 신부가 "좋습니다. 드리겠습니다. 살 수 있도록 방을 빌려 주세요"라고 눈물을 흘리며 부탁했다. 그렇게 장을 빼앗기듯 건네주고 둘이서 읍에 살게 되었다. 나는 먹고 살기 위해 농기계 작업소에 트랙터 운전기사로 취직하여 다시 일을 나갔다. 그저 밤늦게까지 열심히 일했다.

그러던 1월의 어느 추운 겨울날이었다. 동하리에 있는 수산 사업소에서 명태를 트랙터, 트레일러에 가득 싣고 신상의 농기계 작업소로 돌아올 때였다. 차 안에는 난방 시설이란 게 전혀 없어 온몸이 얼어붙는 추위를 느꼈다. 그냥 부들부들 떨며 운전을 할 수밖에 없다. 게다가 며칠 동안 제대로 먹지도 못하고 일주일간 밤낮 안 가리고 일만 했다. 그리고 너무 신경을 쓴 탓에 잠도 제대로 자지 못했다. 너무 피곤하면 도리어 잠이 오지 않는 딱 그런 상태였다. 눈은 떠 있지만 머리는 멍했다.

산을 넘고 해변을 달리다 보면 낮에는 녹았던 눈이 밤이 되면 추위에 다시 반실반질하게 얼어 붙어 까딱 잘못 실수하면 벼랑으로 떨어질 수 있는 위험한 길이 있다. 이런 구간에서 자주 사고가 일어났다. 아직 도착지인 신상까지는 40㎞ 거리가 남아 있었다.

그런데 서서히 앞이 희미해지면서 잘 보이지 않았다. 그리고 눈, 입, 귀 그리고 코가 뜨거워지는 것 같았다. 하지만 그때까지만 해도 '너무 피곤하기 때문일까'라며 별 대수롭지 않게 생각하고 한 손으로 운전을 하며 다른 손으로 눈을 비볐다. 그렇게 희미한 라이트 불빛에 의지해 계속 길을 달렸다. 그러다 어느 순간 머리가 점점 멍해지더니 정신을 잃을 것 같은 한계점이 왔다. 동시에 눈, 코, 입 그리고 귀에서 뭔가 뜨거운 액체가 줄줄 흘러 나오는 것 같았다. 운전실은 캄캄해 아무것도 보이지 않았다. 그래서 일단 브레이크를 밟고 트랙터를 세웠다. 차가운 공기를 들이마시면 괜찮아질지 모른다고 생각해서 트랙터에서 내렸다. 비틀비틀 라이터 불빛 앞에 서는 순간, 큰 충격을 받았다. 내 눈과 코, 입 그리고 귀에서 흘러나오는 것은 전부 붉은 피였다. 더욱 공포스러운 건 피가 도무지 멎지 않는 것이었다.

재빨리 트랙터에 올라 액셀을 보다 힘껏 밟았다. 트랙터는 노면의 작은 굴곡에도 운전석이 통통 튈 정도로 흔들림이 심하다. 게다가 쿠션도 없기 때문에 몸은 위아래 할 것 없이 마구 흔들린다. 그땐 죽더라도 내 집이 있는 신상에 가서 죽겠다는 마음뿐이었다.

의식이 없는 몽롱한 상태로 간신히 금진강[67] 앞까지 도착했다.

---

67) 함남 정평군 고산면에서 발원, 동해 함흥만으로 흘러드는 하천. 금진강은 길이 5㎞ 이상의 지류 29개, 50㎞ 이상의 지류 3개를 가지고 있다.

이 강을 건너 제방 아래로 내려가야 농기계 사업소에 무사히 도착할 수 있었다. 가만 보니 통나무로 만든 금진강 다리 — 그후 십여 년 뒤에 비로소 콘크리트 다리가 생겼다 — 가 반 정도 드러나 보였다. 나머지는 수면 아래에 얼어 붙어 있었다. 이 다리는 누구나 싫어하는 다리였다. 여름에도 가슴 깊이의 강을 절반 정도 건너가야 다리에 오를 수 있었기 때문이다. 겨울에는 얼음을 깨면서 20m 정도 언 강을 건너야 했다. 그래야만 다리에 오를 수 있었다. 타이어로 얼음을 깨면서 조금씩 전진했다. 이제 통나무 다리에 오르기만 하면 되었다. 하지만 타이어가 미끄러져 오르지 못하고 다리 아래 물로 여러 차례 떨어졌다. 자꾸 이러다 자칫 어긋나면 트랙터와 트레일러가 뒤집힐 위험도 있었다. 이렇게 죽든 저렇게 죽든 매한가지였기에 목숨을 걸고 다시 힘껏 엑셀을 밟았다.

마침내 겨우 다리에 오를 수 있었다. 그길로 제방에 아래로 내려와 농기계 사업소까지 도착한 것 같다. 곧바로 정신을 잃어 그 이후의 장면은 기억에 없다.

나중에 듣고 보니 트랙터는 농기계작업소 경비실 앞에 멈춰 있었다. 명태를 가득 실은 트레일러의 운전수가 한참 동안 내려오지 않은 것을 이상하게 여긴 숙직 경비원이 차 문을 열었는데 온몸이 피투성인 채로 쓰러진 운전수를 발견한 것이었다. 그 경비원은 고맙게도 나를 트럭에 태워 신상군 병원으로 옮겼다. 그 시각은 새벽 2시였다.

다음 날, 눈을 뜨사 링거가 꽂혀 있있다. 입과 턱 주위에는 피묻은 타올로 가득했다. 옆에는 어머니가 "마사보, 마사보" 하며 울고 있었다. 당시 의사 선생님은 내 목과 코, 입 그리고 귀를 살펴봐도 어디서 피가 흐르는지 찾지 못해 어려움을 겪다 간신히 눈과 눈 사이 코 혈관이 끊어져 출혈이 생긴 것을 알아채고 면에 거즈를 빙글빙글 감아 실로 연결해 코 끝까지 밀어 넣었다. 금세 얼굴은 공처럼 부풀어 올랐다. 그렇게 간신히 피가 멈추었다. 나중에 알고 보니 눈과 눈 사이 코 혈관이 끊어지는 '출혈병'이었다.

어머니는 그저 내 이름을 부르며 우실 뿐이었다. 다행히 수혈을 받았다. 나는 AB형인데 사무소의 사람들이 모여 그 혈액을 모았다고 했다. 덕분에 나는 살아났다. 내게 피를 준 8명의 간부와 운전기사분들께 너무나 감사한 마음이 들었다. 병원에서는 조금이라도 늦었다면 과다 출혈로 사망했을 거라 했다. 피로와 영양 실조가 원인이었다.

어머니는 내가 집으로 돌아오기를 바라셨다. "마사보, 죽을 수도 있어. 아버지도 걱정하시니 동천 집으로 돌아가자." 그렇게 아버지는 나를 업고 4㎞ 이상 걸어 동천 집에 도착했다.

1년 만이었다. 부모님이 너무 그리웠다. 부모님은 내 아내에게 남편은 잠시 동천 집에 왔으니 몸이 회복될 때까지 걱정 말라고 전하시곤 간호를 해 주셨다.

나는 일어나지 못하고 6일 동안이나 드러누워 있었다. 어머니는 온돌을 따뜻하게 하려고 부뚜막에 불을 붙이셨다. 무릎을 턱에 댄 자세로 연기를 들이마시면서도 눈물을 흘려가며 부뚜막에 나무를 하나둘 넣으셨다. 그리고 아버지는 아침에 어디론가 나가 매일 오후 3시경 쌀과 계란, 집오리 고기, 어떤 때는 닭고기를 가지고 오셨다. '돈도 없는데 대체 어디서 이런 걸 가지고 오시는 것일까?' 그런 생각을 했다. 아버지는 "마사보, 이거 먹고 빨리 회복해야 한다"라고 했다. 가족을 위해 필사적으로 노력하는 아버지의 모습을 다시 한 번 보았다.

아버지는 비틀거렸다. 난 현기증이라 생각했다. 그런데 나중에 어머니에게 듣고 진실을 알게 됐다. 아버지는 함흥의대 병원의 혈액 담당에게 찾아가 수혈을 하신 것이었다. 그러니까 피를 파는 것이다. 그 돈으로 먹을 것을 사오신 것이었다. 아무리 호걸인 아버지였지만 피를 너무 많이 빼다 보니 비틀거리다 쓰러지기도 하셨다. 나는 그때 처음으로 아버지와 어머니에게 고맙고 미안하다고 말하며 통곡했다.

다음 해 임신을 한 아내는 만삭이 됐다. 3월 25일, 어머니가 신부를 집으로 데리고 와 출산을 도와주셨다. 무사히 아이가 태어났고 난 호철이란 이름을 붙였다. 그런데 아이를 낳은 지 일주일이 지나자 아내 우혜숙은 내 앞으로 편지 한 통을 남겨둔 채 어디론가 사라졌다.

그녀가 남긴 편지에는 이렇게 써 있었다.

저로 인해 고생시켜 미안해요. 정말로 마사짱은 좋은 사람
이었습니다. 어머니도 엄격하신 아버지도 정말로 좋은 사람이
었습니다. 내 생각만 하면서 여러분들에게 폐를 끼쳐서 미안
해요.

어떻게든 수소문해 그녀를 찾아보려 했지만 찾을 수 없었다. 그
후, 나와 친분이 있는 경찰서장이 이혼 수속을 해 주었다. 난 진심
을 다해 그녀를 위해 일하며 살았다. '불쌍한 혜숙… 어디로 갔을
까?' 그녀는 태어난 지 얼마 안 된 아기를 남겨두고 어디론가 떠나
버렸다.

＊ ＊ ＊

어머니는 살이 훤히 보이는 너덜너덜한 몸빼에 꿰매고 꿰맨 주머
니를 차고 매일같이 산에 올라 풀을 캐 오셨다. 그걸로 턱없이 부
족해서 다른 집에 음식이나 쌀, 옥수수 가루 같은 걸 빌려야 했다.
하지만 그것도 한계가 있고 어느 순간 더 이상 빌릴 곳이 없어졌
다. 이제 빚 독촉에 시달리는 나날이 이어졌다. 그나저나 마을 사
람들은 이제 몇 개월 안 된 아이 걱정을 했다. 그건 우리도 마찬가
지였다.

난 여기저기 사정해서 간신히 쌀을 조금 빌려 왔다. 그걸로 만든
죽을 입 안에서 잘 씹어 호철이 입 속에 넣어 주었다. 죽이 잘 맞

지 않는지 호철이는 설사를 자주 했다. '호철이, 꼭 살아 주긴 바란다.' 나는 그 마음으로 얼마 안 되는 음식을 호철에게 먹였다.

그러던 1972년 6월 4일의 아침.

눈을 뜨고 일어나니 어머니가 호철이를 가만히 바라보는 게 보였다. 내가 일어나자 어머니는 "마사보, 엄마가 몸이 좀 안 좋으니 조금만 자고 일어날게" 하며 누우셨다. 그런데 평소와 달리 뭔가 무너지는 듯한 인상을 받았다. 느낌이 좋지 않았다.

난 아픈 어머니를 대신해 부엌으로 갔다. 풀죽이라도 먹으려고 아궁이에 불을 지폈다. 그러는 사이 아침부터 누우신 어머니가 걱정이 되어 곁으로 다가갔다. 얼굴에 잔주름이 가득했다. 그리고 옷은 맨살이 다 보일 정도로 너덜너덜해진 상태에다 속옷은커녕 양말도 없었다. 그건 나도 마찬가지였다. 우리 가족은 신발이 없어 늘 길가에 누가 버린 걸 주워 와 신었다. 그래서 오른발, 왼발이 다른 사이즈였다. 신이 찢어지면 다른 데서 주워 온 신을 신거나 그걸 잘라 우산 뼈 끝을 바늘 삼아 꿰매 신었다.

어느 순간 갑자기 어머니 안색이 새파래지더니 노랗게 되기 시작했다.

"아버지! 엄마가 이상해요."

다급히 아버지를 불렀다.

"엄마, 정신 차려 봐. 엄마… 엄마!"

아무리 불러도 대답이 없었다. 아버지는 "죽어 버렸다"라는 짧은 한 마디를 하더니 구석에 앉아 고개를 떨구었다. 난 큰 소리로 "엄마!"를 부르짖으며 엉엉 울었다. 그렇게 어머니는 뇌출혈과 영양실조 증세로 작고하셨다. 그러니까 바꿔 말하자면, 굶어 죽은 것이다.

나는 엉엉 울다가 벌떡 일어났다. 그리고 득달같이 아버지에게 달려들어 그를 때리며 외쳤다. "네가 엄마를 죽였다. 그렇게 패고 고생시키더니 북한까지 끌고 와 엄마를 죽였다." 난 그간 아버지를 향해 가지고 있던 참을 수 없는 분노를 모두 쏟아냈다. 한참을 세게 때렸는데 아버지는 아무런 말도 없이 그저 펑펑 울기만 하며 가만히 맞으셨다.

한참 뒤에 정신을 차린 후, 여동생들에게 어머니의 부고를 알리려 했다. 그런데 전보를 칠 돈조차 없었다. 비참해도 이렇게 비참할 데가 없었다. 다행히 이 사정을 잘 아는 고마운 이웃이 여동생들에게 전보[68]를 쳐 줬다.

그렇게 한참 정신이 없는 와중에 문득 옆에서 우는 호철이가 보였다. 그러자 순간 정신이 바짝 들었다. 이제 집에는 나와 아버지 그리고 태어난 지 얼마 안 된 호철이, 이렇게 남자 셋뿐이었다. 새 생명을 지켜야겠다는 본능이 더욱 강해졌다.

그날 밤, 난 아버지에게 잠시 호철이를 맡기고 밖으로 나갔다. 어머니를 땅에 묻기 전에 제대로 된 옷 하나를 입혀 주고 싶었다. 죽어서까지 너덜너덜하게 해져 맨살이 다 보이는 옷을 입혀 보내고

---

68) 북한에서 소식을 가장 빨리 전달할 수 있는 게 전보다. 가까운 곳이라면 이틀 정도 걸린다. 먼 곳은 7일에서 10일까지 걸리고 보름이 걸릴 때도 있다. 대개 편지는 전보보다 더 느리다.

싶지 않았던 것이다.

모두가 잠든 깊은 밤이라 길가에 사람들은 아무도 보이지 않았다. 어느 집 마당에 어머니가 입을 만한 괜찮은 세탁물이 걸려 있는지 정신없이 찾아 해맸다. 그렇게 멀리 10리 밖, 신상읍까지 쑤시고 다녔다. 그러다 마침내 어느 집 마당에 걸린 적당한 몸뻬를 찾았다.

난 그곳으로 살그머니 다가갔다. 그리고 말리려고 걸어 둔 몸뻬를 훔쳐 냅다 달아났다. 그 길로 10리가 넘는 동천리 우리 집까지 한 번도 쉬지 않고 미친 듯이 달렸다. 이런 도둑질은 난생 처음이라 어쩌나 심장이 쿵쾅쿵쾅 뛰던지… 달려서 뛰는 심장 소리까지 더해져 집에 도착했을 땐 숨을 제대로 쉴 수 없을 지경이었다. '역시 도둑질은 도저히 할 짓이 못 돼' 하며 때늦은 반성을 했다.

집에 들어서니 몇몇 마을 아저씨와 아줌마들이 와 있었다. 어머니는 죽을 때까지 조선어를 배우지 않아 서로 말은 통하지 않았지만, 어머니 성품이 워낙 상냥하고 친절해서 가깝게 지낸 분들이 소식을 듣고 위로차 온 것이었다. 난 어머니가 입은 너덜너덜한 몸뻬 위에 훔쳐 온 몸뻬를 입히며 말했다.

"엄마, 미안해. 이것밖에 없어. 미안해."

펑펑 눈물이 쏟아졌다. 그걸 본 마을 사람들도 그저 눈물을 쏟아낼 뿐이었다. 내 눈물은 한참 동안 멈추지 않았다.

다음 날이 되자, 더 많은 마을 사람들이 모였다. 그리고 첫째 여동생 에이코와 그녀의 남편과 시어머니도 한걸음에 달려왔다. 막내 마사코는 셋째 닐에 도착했다. 그 밖에 아버지의 의형제들과 많은 지인분들[69]도 찾아와 주었다. 그분들 덕분에 장례식을 치를 수 있었다. 둘째 여동생 히흐미는 사정이 있어 장례식이 끝나고 나서 남편과 함께 찾아왔다.

모두 돌아가자 나는 홀로 산에 올라 일본 방향의 바다가 잘 보이는 장소를 찾았다. 내 손에는 각목 하나가 들려 있었다. 동천리에 농기구를 만들거나 수리해 주는 '수리분조'에 부탁해 얻은 것이었는데, 가로 세로 각각 10㎝에 높이 1.5m가 되는 각목이었다. 난 먹을 갈아 붓으로 거기에다 어머니 이름을 썼다.

'이시카와 미요코'

북에서 강제로 받은, 공민증에 적힌 이름 '석춘자'는 쓰지 않았다. 그리고 뒷면에 1978년 6월 4일 사망, 1925년 6월 30일 출생이라고 적었다. 묘의 주인은 내 일본 이름을 썼다.

'이시카와 마사지'

그러고 나서 삽으로 그 주변 잔디를 퍼 와 어머니의 무덤에 입혔다. 그렇게 어머니를 일본 방향의 바다가 잘 보이는 높은 산에 묻을 수 있었다. 이렇게라도 이 바다를 건너 일본에 갈 수 있기를 바라는 마음이었다.

어머니와 나는 언제나 함께였다. 우리는 어떤 괴로운 일이 있어도 언젠가 일본으로 다시 돌아갈 날을 꿈꾸며 견뎠다. 그런데 왜 이렇게 혼자 나를 내버려두고 가신 건지 너무 슬퍼 가슴이 터질

---

69) 야스다, 야스다의 부인, 야스다의 장남 안재수, 차남 안재복, 야스다의 둘째 딸, 아버지의 의형제 이진배, 김우용, 함흥에 사는 황씨 아줌마, 신상에 있는 일본 아줌마 네 분.

것만 같았다. 어머니는 '3년만 지나면 일본인들은 거창시킨다'라는 말만 철석같이 믿고 3년, 3년 그리고 또 3년…. 그렇게 6번이나 기다리며 18년을 견디셨지만 결국 부모님이 계시는 고향으로 돌아가지 못하셨다. 밟히고 괴롭힘 당하고 이름까지 빼앗기며 갖은 고생을 하며 지옥 같은 생활에서 끈질기게 버텨 왔지만 더는 버틸 수 없던 것이다.

어머니가 생전에 자주 내게 하신 말씀이 떠올랐다.

"마사보, 언젠가 엄마가 돌아가지 못하고 죽으면 마사보만이라도 꼭 일본으로 돌아가 줘. 어떻게 살았는지, 일본인들이 어떻게 괴롭힘을 당하며 죽었는지 지금까지 본 비참한 일들을 반드시 일본으로 돌아가서 알리고 역사의 증언자가 되어 주길 바라. 그리고 엄마는 죽어서도 마사보를 끝까지 지켜줄 거야."

산에서 내려와 집에 들어서니 이제 남은 건 나와 아버지 그리고 아들, 호철이 셋뿐이란 걸 더욱 절실히 실감했다. 호철이가 배가 고파 울었다. 생존해야 된다는 생각에 일단 호철이를 안고 밖으로 나갔다. 그날부터 마을을 돌며 체면을 차릴 경황도 없이 문을 두드렸다. 그러다 아기가 있는 젊은 부인이 보이면 "모유 좀 주세요. 제발 호철이 좀 살려 주세요" 하며 젖동냥을 하기 시작했다. 별다른 방법이 없었다. 호철이를 키우기 위해선 그렇게 해야만 했다.

난 일을 할 때도 호철이를 업고 일을 했다. 그런데 낮에는 그렇게 젖동냥을 해 가며 어떻게든 모유를 먹일 수 있었지만, 밤에는 그럴 수가 없었다. 그래서 밤마다 호철이가 배가 고파 칭칭대면,

벽에 기대고 서서 안은 채로 자장자장 했다. 그러다 나도 지쳐 깜빡 잠이 들기라도 하면, 다리가 풀려 잘못 호철이를 떨어트리지 않을까 하고 신경이 날카로워졌다.

매일 이 사람 저 사람의 모유를 받아 먹여서 그런지 호철이는 설사를 하는 게 일상이었다. 그래서 내 몸에는 호철이의 응아가 여기저기 달라붙어 말라 버리기 일쑤였다. 설사로 우는 호철이를 진료소로 데리고 가면 엉덩이에 호스를 넣어 관장을 했다. 아직 태어난 지 얼마 안 된 아이였는데 말이다. 그리고 식염수를 받아 먹였다. 매일 이런 반복된 생활에 지칠 때도 많았다.

그리고 난 어머니 역할까지 해야 했다. 매일 아침 일찍 일어나서 아버지가 일을 나가실 수 있도록 풀을 데쳐 찌꺼기를 걷어 내고 가마에 익혀 된장이나 소금을 조금 넣어 맛을 냈다. 풀은 전날 호철이를 업고 캐왔다. 아버지는 그것을 마시고 일을 하러 나가셨다. 이러다 보니 점점 체력적으로 한계를 느꼈다. 그렇지만 악으로 깡으로 하루하루를 견디고 버텨냈다.

그러는 사이 벌써 5년이라는 시간이 흘렀다. 호철이도 어느새 아장아장 걷기 시작했다. 난 그런 호철이를 업고 강변에 자주 나갔다. 강에 미꾸라지나 작은 물고기라도 보이면 잠시 호철이를 내려두고 물고기를 잡으러 뛰어들었다. 강물 속을 휘젓고 다니며 잡은 물고기를 쪄서 뼈를 제거하고 호철이 입에 넣어 줬다.

이제 마을 사람들은 아무도 내게 욕을 하지 않고 괴롭히지 않았다. 그저 나를 보면 안쓰러워할 뿐이었다. 길가다 그냥 마주치기만 해도 나를 『심청전』의 심봉사라며 우는 사람들도 많았다. 이미 너무 비참하고 불쌍해 보여서 그랬을 것이다.

* * *

호철이가 다섯 살이 되었을 무렵, 아버지는 함주역 앞 아파트에 사는 의형제 안성봉 아저씨[70]를 가끔 만나러 갔다. 그는 일본에서 조선 대학을 졸업하고 신문기자로 일했다. 그러다 북한으로 귀국했던 것이다.

안성봉 아저씨는 내가 불쌍하다며 함주에 사는 일본 귀국자 여성을 소개해 주었다. 그 여성의 북한식 이름은 김태술, 일본 이름은 가네모토 기요코였다.

김태술은 일본의 미에현 스즈카시에서 살았다. 그녀는 삼 남매 중 둘째로, 위에 언니가 있고 밑으로 남동생이 있었다. 아버지는 그녀가 어렸을 때 사쿠마댐 공사 때 사고로 돌아가셨다고 했다. 그때 그녀의 어머니는 스물네 살이었는데 남편을 잃자 아이 셋을 기를 자신이 없어 도망쳤다고 했다. 이후 한국인 할머니가 불쌍하다고 삼 남매를 데리고 북한으로 귀국하신 것이었다.

태술 씨는 함주군에 사는 북한 원주민에게 시집을 갔지만 가진 것이 없다고 무시당하고, 일본에서 온 여자라고 괴롭힘을 당하다

---

70) 나중에 안성봉은 북한에 대한 불만을 한마디 하였다가 스파이 용의자로 잡혀 감옥에서 무서운 고문을 당하다 사망했다.

쫓겨나듯 이혼했다고 했다. 딸은 한 명 낳았지만 남자 집에 호적을 올린 상태였다.

아무튼 안성봉 아저씨는 어느 날 태술을 데려왔다. 우리 집에서 나와 맞선을 보고 돌아왔다. 열흘 정도가 지나자 대답이 왔다. 결혼하자는 것이었다. 난 좋지도 싫지도 않았다. 더 이상 내 인생에 여자는 없다고 생각했다. 그리고 결혼이라는 것 자체가 싫었다. 그냥 호철이를 돌보며 일생을 살 생각이었다. 하지만 자라나는 호철이를 위해 엄마가 필요할지 모른다는 생각이 들었다. 그리고 나도 일에 좀 더 집중할 수 있겠다는 생각이 들었다.

다시 며칠 후, 안성봉 아저씨는 술 한 병 들고 태술 씨와 함께 왔다. 집에는 먹을 게 아무것도 없었다. 다행히 태술 씨가 가져온 약간의 쌀이 있어 밥을 4인분 하고 떡을 쪄서 상을 차렸고 아저씨가 가져온 술을 상에 올렸다. 아버지와 나 그리고 호철이, 안성봉 아저씨와 태술 씨가 둥근 상에 둘러 앉아 결혼식을 올렸다. 밥 한 그릇과 한 잔의 술이 있는 조촐한 결혼식이었다.

결혼식이 끝나자 태술 씨는 함주로 다시 돌아갔는데 편지 한 통이 왔다. 내용은 이러했다. 지금 집에는 백발의 할머니가 누워 계시고 아직 결혼 못한 남동생이 같이 살고 있어서 지금 자기가 동천리 집으로 들어갈 수가 없다고 했다. 남동생은 일하러 가야 하기 때문에 할머니를 돌봐 줄 사람이 없는 상황이니 남동생이 결혼하면 동천 집으로 오겠다고 했다.

그래서 태술 씨는 휴일에 가끔씩 음식을 들고 우리 집을 찾았다.

그리고 호철이도 잘 돌봐 주었다. 어떤 날은 당일에 왔다 함주로 돌아가기도 했고 하룻밤 묵고 가는 날도 있었다.

그러던 무렵 큰 사건이 하나 터졌다.

태술 씨의 아파트에는 일본에서 가져온 라디오가 있었다. 보통 안전부에서 나와 핸더땜으로 조선중앙통신방송밖에 들을 수 없게 만든다. 그런데 남동생 친구들이 놀러 와서 그걸 어떻게 만져 가지고 한국(남한) 라디오 방송을 몰래 들었단다. 그걸 같이 있던 친구 중 한 녀석이 보위부에 밀고했다. 곧바로 보위부에 트럭을 타고 나타나 태술 씨의 아파트 물건을 마구 가져가려 했다. 누워 있던 할머니는 자신을 죽이고 가라고 소리쳐서 일대 큰 소란이 일어났다.

사는 것이 너무 괴로웠다. 삶이 이렇게 괴로운 거라면 차라리 죽는 편이 낫다는 생각까지 들었다. 그냥 이 세상이 싫어졌다.

* * *

이대로 계속 있다간 정말 미쳐버릴지도 몰랐다. 그 무렵에는 자꾸 그런 생각이 들었다. 갖은 풍파 속에 심신은 이미 만신창이가 되어버린 지 오래였다. 잠시라도 속세를 떠나 혼자만의 시간을 가지는 게 절실했다. 호철이는 이제 제법 커서 유치원에도 다닐 수 있으니, 아버지께 잠시 호철이를 맡겨 둬도 될 것 같았다.

그래서 난 깊은 산속 완장이라는 지역의 경계에 있는 덕화산이라는 작은 곳에 숯구이를 하러 가기로 결심했다. 약 네 시간 빈 정도 산을 타서 숯구이 현장에 도착했다. 그곳에는 김희광이라는 책임자와 네 명의 인부, 그렇게 총 다섯이 숯구이를 하고 있었다.

난 대뜸 여기서 일하게 해달라고 부탁했다. 그들은 농장관리위원회 산하 노동 지도원에서 배치서를 받아왔는지 물었다. 그 허가서가 있어야 이곳에서 정식으로 일할 수 있다는 것이었다. 난 그런 건 없다고, 그럼 그냥 혼자라도 숯구이를 하겠다고 했다. 사실 난 숯구이를 해 본 적도 없었다. 그러자 책임자는 그럼 배치서는 자신이 한 달에 한 번 보고하러 농장관리위원회에 가니 그건 추후에 하기로 하고 오늘부터 숯구이를 같이 해 보자고 했다. 운이 좋았다.

그건 그렇고 이런 산속은 태어나서 처음이었다. 주위는 온통 하늘을 찌를 듯한 나무로 덮여 있었다. 정말 하늘이 하나도 안 보일 지경이었다. 그래서 조금이라도 더 깊숙이 들어가면 낮인데도 어두컴컴해졌다.

내가 갔을 때는 숯가마가 하나밖에 없었다. 하지만 책임자 희광은 이제부터 개인당 하나씩 숯가마를 만들어 관리하고 생산하겠다고 했다.

숯가마를 만들려면 우선 가마니로 질통을 만들어서 등에 짊어지고 흙을 운반해야 했다. 그다음 준비 도구를 만들고 가마를 만들 장소를 선택했다. 나무를 운반하기 유리한 장소이면서 최대한 평평한 곳을 찾아야 했다. 적당한 장소를 찾고는 직경 5~6m 주위에 돌을 쌓았다. 시냇가나 그 주변에서 주워 온 돌이었다. 돌담의 높이는 평균 1.5~2m였다. 그리고 가장 중요한 작업, 즉 한가운데에 폭 1m 정도의 입구를 만들어 거기서 불을 태울 수 있도록 했다. 마지막으로 돌과 돌 사이에 빈틈이 없도록 흙으로 덮었다. 이렇게 하는 데만 꼬박 4일이 걸렸다.

이제 숯가마의 뼈대를 세우기 위해 기찻길에 사용하는 무거운 레일을 들고 올 차례였는데 그게 큰일이었다. 5m 이상 되는 레일이 필요했기 때문이다. 마침 소 한 마리가 있어 그 뒤에 연결했다. 그리고 나무 봉을 채찍 삼아 소 엉덩이를 때렸다. 이 작업만 3~4일 정도 소요됐다.

그다음, 큰 나무를 두 개 준비해서 들고 온 레일을 반달처럼 구부려야 했다. 레일에 긴 통나무를 줄로 묶어서 굽혔다. 쇳덩이라 쉽지 않았다. 총 3개의 레일을 앞, 중간, 끝에 세워 숯가마 뼈대를 만들었고 레일을 철사나 칡뿌리 같은 걸로 묶었다. 그리고 그 위에 원형으로 소나무 가지를 쌓아 지붕이 되도록 쌓았다. 빈틈이 없도록, 사람이 그 위에 서도 괜찮을 정도로 하는 게 중요했다. 이 작업은 꼬박 하루가 걸렸다.

그다음 날은 질통을 등에 짊어지고 진흙을 구하러 다녔다. 그런데 이 진흙 찾기가 좀체 쉽지 않았다. 대부분 돌이거나 검은 흙이었다. 그래서 산을 하나 넘고 또 넘어서 간신히 황토를 찾아서 삽으로 퍼서 짊어지고 왔다. 진흙은 쌓은 나무 가지 위에 두께 10㎝ 이상 되도록 덮었다. 그리고 참나무를 넓적하게 깎은 것으로 진흙에서 물이 나올 때까지 두드리는데 그게 끝나면 드디어 숯가마 완성이었다.

이제 기미 안에 나무를 채울 차례였다. 각자 도끼를 사용해 직경 20㎝ 정도 되는 나무를 잘랐다. 1.5㎝ 되는 나무가지도 쳐냈다. 그걸 한데 모아서 숯가마 안쪽부터 나무를 세웠다. 가마 안이 나무로 빽빽해지자 시냇가 부근에서 찾은 숫돌로 불을 붙였다. 활활 불이 붙으면 입구에 통나무를 놓고 그 위에 흙을 덮고 그 위에 다시 통나무 쌓는 걸 반복해서 바람이 들어가지 않게 입구를 막는 것이 중요했다. 마지막으로 굴뚝을 만들어야 했다. 보통 세 개를 열어 줬는데 그러면 흰 연기가 굴뚝으로 나왔다. 그렇게 3일간 태웠다.

굴뚝에서 황색 연기가 나오기 시작하면 그제야 굴뚝을 돌로 막았다. 불을 끄고 4일을 더 기다렸다. 마침내 숯이 완성됐다.

입구를 무너트리고 지면에 코가 닿을 정도로 몸을 바짝 숙인 후, 삼태기[71]를 안에 넣고 숯을 하나씩 꺼냈다. 그럴 때면 재가 위로부터 앞이 보이지 않을 정도로 떨어져 온몸이 시커멓게 됐다. 안은 아직 뜨거워 땀으로 흠뻑 젖었고 재 때문에 숨쉬기도 어려웠다. 그 때문에 다들 숯 꺼낼 때를 제일 싫어했다. 그래서 다른 인부의 숯을 내가 조금 받기로 하고 대신 꺼내 준 적도 있다.

어떤 때는 입구를 허물어도 안쪽에서 불이 안 꺼진 경우가 있다. 입구는 한 번 열면 전부 꺼내야 해서 불이 붙은 숯은 시냇물에 담가 불을 끈다. 아무튼 이런 식으로 가마 하나에서 숯작업을 하면, 보통 트럭 한 대 분량이 넘는 양이 나왔다.

---

71) 흙이나 쓰레기, 거름 따위를 담아 나르는 데 쓰는 기구. 대오리나 싸리 따위로 엮어 만들며 앞은 벌어지고 뒤는 우긋하며 좌우 양편은 울이 지게 엮어서 만든다.

그 모든 작업이 끝나면 책임자 희광이 알루미늄 식기에 25도 되는 소주를 따라 줬다. 그걸 단숨에 들이켰다. 이걸 마셔야 폐병을 막을 수 있기 때문이었다. 알코올은 재나 숯을 깨끗이 씻어내 주는 효과가 있다. 우리에게 술은 몸을 지켜주는 생명수와 같아서 물 마실 듯 마실 수 있게 가득 쌓여 있었다. 또 한 병을 순식간에 뚝딱 비워 냈다. 술 마시는 걸 여기서 배웠다. 보통 석탄을 캐는 탄광에도 이렇게 한다. 많이 마셔도 왠지 전혀 취하지 않았다.

우린 술을 마시며 이런저런 서로 사는 이야기를 나누었다. 책임자 희광은 나이는 오십 대 중반 정도로 한국 전쟁 때 중대장을 했단다. 그래서 그는 한국 전쟁에 참전해 싸운 이야기를 자주 했다. 나에게는 일본에 있었을 때 이야기를 많이 하게 했다. 알고 보니 희광을 제외하고는 모두 나처럼 성분이 좋지 않은 사람들이었다. 그런 묘한 동지애가 있어서인지 우린 술을 마시며 다들 친해졌다.

그런 달콤한 휴식을 취한 뒤, 숯을 싸리나무[72]로 엮어 만든 숯 바구니에 쌓아 뒀다. 인부 중 하나가 5시간 거리에 있는 농장관리위원회로 가서 관리위원장에게 작업이 다 되었다고 알렸다. 그러면 다음 날 동화수산사업소에서 트럭을 몰고 와 숯을 가지러 왔다. 이러한 과정의 반복이었다.

먹는 얘기가 나와서 말인데, 책임자 희광은 15일에 한 번씩 소 한

---

72) 공과의 낙엽 활엽 관목. 높이는 2~3m이며, 잎은 세 잎이 나온다. 7월에 짙은 자색이나 홍자색 꽃이 총상(總狀) 화서로 피고 열매는 협과(莢果)로 10월에 익는다. 나무는 땔감, 잎은 사료, 나무껍질은 섬유의 원료로 쓴다.

마리를 끌고 마을의 관리위원회에 다녀왔다. 거기서 돌아올 땐 찹쌀, 팥, 쌀 그리고 옥수수가 소 등에 실리어 있었다. 그게 오면 찹쌀을 찐 후, 큰 돌 위에다 올려두고 나무로 만든 떡메로 떡을 쳤다.

떡이 완성되면 희광이 "많이 먹어라" 하며 알루미늄 식기에 갓 쪄낸 떡을 여기저기 나눠 줬다. 양은 1.7~2kg가 될 정도로 꽤 많았다. 다들 잘 먹었다.

난 '처음 먹어 보는 떡인데 왜 이렇게 맛있을까?' 하다가도 호철이를 생각하면 쉽게 잘 넘어가지 않았고 목이 턱 하고 막힐 때가 많았다.

일을 하다 배가 고프면 풀이나 뿌리를 캐 먹기도 했다. 운이 좋으면 산딸기나 산과일을 따서 배부르게 먹을 수 있었다. 목이 마르면 냇물을 마셨다. 그리고 얼굴이나 손, 몸도 모두 냇물에서 씻었다.

시냇물에서 몸을 씻다 도롱뇽이 보이면 그걸 냉큼 잡아 구워서 먹었다. 뱀을 잡으면 가죽을 모두 벗겨 구워 먹었고 개구리 알은 그대로 마셨다. 새, 산토끼, 다람쥐 할 것 없이 잡히는 대로 모두 잡아서 구워 먹었다.

동물을 잡는 데 유용한 것이 철사로 된 피아노 선인데 그걸로 덫을 만들었다. 그리고 가령, 산토끼 똥을 찾으면 그 주변에 피아노 선으로 만든 덫을 놓았다. 겨울에는 동물 발자국을 찾으면 됐다. 그걸로 토끼인지 사슴인지 멧돼지인지 호랑이인지 구분할 수 있었다. 동물 가죽은 벗겨 말려 놓았다가 겨울에 옷으로 입었다.

그날은 운 좋게 사슴이 보였다. 사슴은 사냥법이 다르다. 일단 산 위로 살그머니 올라가 위에서 아래로 몬다. 사슴 같은 초식동

물은 앞보다 뒷다리가 길기 때문에 그렇게 하면 제대로 도망치지 못하고 아래로 구른다. 그 틈을 노려 번개처럼 달려들어 사슴 목을 끌어안고 나이프로 깊숙이 목을 찌르면 됐다.

'푸욱.'

미지근하고 신선한 피가 콸콸 흘러나오면 물처럼 마셨다. 그러다 머리를 슥삭 잘라 내거나 나이프를 뽑아 심장을 찔러 완전히 생명 줄을 끊었다. 이렇게 원시인 같은 생활을 하다 보니 어느새 산사나이가 되어 버렸다. 가끔 '그때만큼 빠르고 강한 적이 있었나?' 하고 나 스스로 놀랄 때가 있다. 이제 보통 세 명이 메야 하는 직경 50cm, 길이 3~4m 원목도 혼자 멜 정도가 됐다. 같이 일하는 인부들마저 깜짝 놀랐다.

그날은 눈이 가득 쌓여 추운 겨울 날이었는데 산림 보호원 한 명이 우리 숯구이 장에 와서 나를 찾았다. 어디서 내 소문을 들은 모양이었다. 그는 한국 전쟁에서 연대장을 한 사람으로 책임자 희광과 동년배였다. 그가 이곳에 온 건 최근 자신이 관할하는 구역의 산에 들어와 몰래 원목을 베어 도적질해 가는 무리가 있으니 그놈들 잡는 걸 도와 달라는 부탁을 하기 위해 온 것이었다.[73] 어제만 해도 남창리에 사는 젊은 놈 십여 명이 동천 구역에서 도둑질을 했단다. 사실 남창리에는 산이 없어서 나무를 훔친 것이 조금

---

73) 북한은 산림 보호원 허가 없이는 큰 나무를 자를 수 없게 되어 있다. 나무 밑둥에 '검'이 라는 도장을 찍은 나무에 한해서만 베는 것이 가능하다.

이해는 갔다. 어쨌든 그들은 멀리까지 원정을 와서 몰래 자른 나무를 트랙터에 실은 후 재빨리 도망친다는 것이었다.

내가 조금 망설이자 책임자 희광까지 부탁을 하는 통에 하는 수 없이 산림보호원과 함께 산속을 동행하게 됐다. 얼마 움직였을까? 어디서 희미하게 도끼 소리가 들렸다. 난 길도 없는 산속에 쌓인 눈을 밟으며 재빨리 그곳으로 걸음을 옮겼다.

거기엔 들리는 소문대로 젊은이들 십여 명이 있었다. 보호원은 즉시 "어디서 허락 없이 나무를 자르러 온 것이냐?"라며 크게 호통쳤다. 발각된 젊은이들은 처음에는 당황하는 기색이었지만 이내 자신들 패거리 수가 더 많다는 걸 알고 보호원을 때릴 기세로 다가왔다. 그러는데 신기하게도 젊은이들 중 "저놈 도창순이다!"라며 나를 알아보는 놈이 있었다.

보호원은 한 방을 맞더니 그대로 풀썩 쓰러졌다. 난 그대로 보고 있을 수 없었다. 다가오는 놈마다 머리로 찍고 발로 차고 주먹으로 팼다. 믿기 어렵겠지만, 그렇게 전부 쓰러트렸다.

정신을 차린 보호원은 그들이 남창리에 사는 누구누구인지 신원을 적은 후, 모두 잡아갔다. 그는 이렇게 강한 사람은 처음 봤다며 내게 감사 인사를 했다. 그날 이후, 신상군에는 그 사건에 대한 일화가 퍼졌다.

밤에 움막에서 잘 때면 바람에 나무 흔들리는 소리나 짐승 울음소리가 들린다.

'휘, 휘.'

칠흑같은 어둠 속의 그 소리는 마치 파도 소리 같다. 한 번씩 칸
델라[74]로 불을 켜고 자신의 숯가마가 괜찮은지 돌아본다.

그런데 이렇게 숯구이 장에 오래 있다 보니 원인 모를 고독이 몰
려 왔다. 그런 느낌을 받은 건 나뿐만은 아니었다. 다른 동료들도
성분이 좋지 못한 사람들이라 그런지 각자 고민들이 많았다. 어느
날은 갑자기 사람은 사람들 속에서 살아야 한다는 생각이 가슴에
사무쳤다. 그러나 그렇다고 다시 속세로 돌아가기는 죽기보다 더
싫었다. 지금 나의 처지와 지난 세월을 생각하면 끔찍해서 견딜 수
없었다. 그래서 난 죽을 결심을 했다.

무언가에 홀린 듯 소에 사용하는 로프를 나무에 묶고 목을 로프
에 넣은 뒤 떨어졌다. 대롱대롱 매달리자 번쩍하며 눈에서 작은 별
이 반짝였다. 그러다 눈앞은 아무것도 안 보이고 캄캄해져서 일순
간 지옥의 기분을 맛보았다. 그런데 로프 매듭이 목 뒤로 가야 고
통 없이 빨리 죽는데 하필 목 옆으로 가는 바람에 이리저리 발버
둥을 쳐야 했다. 바로 그때 그 앞을 지나가던 정철이라는 동료가
나무에 올라 로프를 잘랐다.

'쿵' 하고 지면에 떨어졌다. 또 눈앞에 많은 별이 아른거렸다.

"이게 뭐하는 짓이야? 미친놈아, 왜 죽어!"라며 그가 내게 화를

---

74) 카바이드에서 나오는 아세틸렌 가스를 버너로 분출시켜 불을 붙여 쓰는 조명기구를 일
컫는다. 칸델라는 본디 '호롱'을 뜻하는 말이었으며 네덜란드어인 'kandelarr', 포르투갈
어인 'candela'에서 유래된 말이다. 원래는 식물성 기름을 사용하였다. 놋쇠로 만들고,
무게는340~500g이며, 밝기는 3촉광 정도이다. 갱내봉 노사에 달고 다닌다. 카바이드
를 한 번에 100g 정도 넣으면 약 7시간 정도 사용할 수 있다(출처: '문화포털' 사이트).

냈다. 이 사건 때문에 이후부터는 동료들이 짝을 이뤄 작업을 하게 됐다.

하루는 누군가가 헐떡거리며 "도창순! 도창순!" 부르며 나를 찾아왔다. 책임자 희광이 무슨 일이냐고 묻자 그는 전보를 보여 줬다. 내용은 아내 김태술이 이틀 전인 4월 15일에 사내아이를 낳았다는 출산 소식이었다. '급히 올 것(급래)'이라고 적힌 게 눈에 들어왔다. 이곳에 오기 전, 결혼하고 두 번 같이 잤을 뿐인데 임신하고 출산을 한 것이다. 책임자 희광과 동료들은 나보다 더 기뻐했다. 난 사실 뒤통수를 한 대 얻어맞은 듯 멍한 상태였다. 책임자 희광은 어서 떠날 준비를 하라고 했다.

그런데 당장 떠나자니 내 모습은 마치 '로빈슨 크루소' 같았다. 이 꼴로는 도저히 기차를 탈 수 없었다. 보통 몰래 기차를 타긴 해도 이렇게 가면 모두의 시선을 받을 게 뻔했다. 수염은 도인처럼 길었고 신발도 없었다. 내가 고민에 빠져 있자 책임자 희광이 자신의 면도칼을 가져와 수염을 자르라고 했다. 그래서 물에 비친 모습을 거울 삼아 수염을 잘랐다. 당시, 거울을 가진 이는 하나도 없었다. 동철이라는 동료는 자신이 소중히 보관하던 운동화를 빌려 줄 테니 신고 가라고 내 주었다. 상원이라는 동료는 바지와 윗도리를 빌려 줄 테니 입고 가라고 했다.

그때 느낀 고마움과 기쁨은 잊을 수 없다. 지금껏 좋은 동료들과 생사를 함께했다. 책임자 희광마저도 우리에게 화 한 번 낸 적이 없고, 자신이 성분이 좋은 걸 자랑하거나 책임자라고 거들먹거린 적도 없었다.

내가 떠날 채비를 모두 마치자 동료 둘은 이미 떡을 치고 있었다. 또 다른 동료는 팥을 익혔다. 모두 희광의 지시인 듯 했다. 그들은 떡 한 되(2kg)와 삶은 팥 그리고 2kg의 흰 쌀을 작별선물로 챙겨 주었다. 모두에게 고맙다고, 잘 다녀오겠다고 인사를 했다. 그들은 친절하게 나를 배웅해 줬다.

4월이었지만, 산중에는 여전히 눈이 쌓여 있었고 바람이 강했다. 북한 속담에 '봄바람에 여우 보지 튼다'라는 말이 있다. 바람이 강하다 보니 피부도 거칠어진다는 뜻이다. 그래서 난 갈 길을 서둘렀다.

＊ ＊ ＊

오랜만에 동천리 본집으로 돌아왔다. 날 보자마자 아들 호철이는 "아버지!" 하며 엉엉 울며 안겼다. 산속에 있다 보니 사람이 너무 그리웠다. 무엇보다 아들이 가장 그리웠다. 아들은 나의 분신이나 마찬가지로, 다른 여자의 젖가슴을 물려 가며 5년 동안 업어 길렀다. 그런 아들을 더 꼭 껴안았다. 그런데 품에 안긴 아들은 건강이 썩 좋지 않아 보였다. 난 들고 온 떡을 건네주며 할아버지와 같이 먹어야 된다고 했다. 아들이 방방 뛰며 기뻐하는 모습을 보자, 순간 나도 모르게 눈에서 눈물이 나왔다. 밥그릇을 가져와 주머니를 뒤집어 두 주먹 정도 되는 양의 쌀을 밥그릇에 담았다. 그리고 아버지께 "죽이라도 만들어 드세요"라고 했다.

잠시 후, 난 둘째 아들이 태어난 소식을 알리고 함주[75]에 다녀오겠다고 했다. 그러자 호철이는 자신도 데려가 달라고 떼를 썼다. 엉엉 우는 모습을 보니 발길이 쉽게 떨어지지 않았다. "호철아, 아버지가 열심히 일해서 맛있는 것하고 쌀도 많이 사서 금방 올 테니까 할아버지하고 있어" 하며 꼭 껴안았다. "이렇게 가난해서 미안하다." 어머니가 항상 나를 꼭 껴안고 얘기한 것처럼 나도 "호철아 미안해"라는 말을 남기고 함주로 떠났다.

잠깐 함주에 대해 설명하자면 이곳은 김일성 별장과 사냥터, 낚시터가 있는 곳이다. 그리고 동봉리, 고양리 등 교시[76] 마을이 있어 함주군 자체가 교시군이다. 그래서 외부인은 이곳에 살기 힘들다. 또 외국의 대통령이나 중요한 인사들이 함흥에 갈 때는 선덕비행장에서 함주를 거쳐 갈 정도로 중요지이다. 이곳에서 환영 행사도 많이 하며, 1호 행사용으로(1호 행사는 김일성, 김정일의 행사) 사용하는 별도의 홈도 있다. 또한 이곳은 군사적으로도 중요 지점이다. '평양-원산-함흥-청진'을 잇는 거점이기도 하며, 김일성의 별장 72호가 있는 추산리에서 산을 넘으면 서쪽으로 대흥군, 양덕 등 어디든 갈 수 있다. 그리고 예전부터 '함주벌판'이라고 할 정도로 논이 많았다. 황해도, 평안남도, 문덕군 등을 제외하고 농업을 하

---

75) 함경남도 중부에 위치한 군이다. 지리상 동쪽으로 함흥시, 북쪽으로 영광군, 남쪽으로 정평군과 접한다. 북서쪽의 랑림산맥 노란봉이 가장 높은 지대이며, 성천강이 흐른다.
76) 길잡이로 삼는 가르침.

기 힘든 북한 사정을 생각하며 그래도 농업을 하기 괜찮은 지역 중 하나다.

아무튼 내가 있던 신상에서 함주는 통근 기차로 한 시간 정도 걸렸다. 통근 기차는 아침과 밤에 있었는데, 난 낮에 울타리 뒤에 숨어 있다가 기차가 들어오자 몰래 올라탔다. 그날 아내 김태술의 처가에 도착한 것은 오후 다섯 시 삼십 분경이었다.

아파트 문을 똑똑 노크하자 처남이 나왔다. "왔어"라는 말에 아기와 이불 안에 있던 아내가 기쁨의 눈물을 흘리면서 나왔다. 그런데 아내가 안고 있는 아기는 아들이 아닌 딸이었다. 할머니는 딸이라면 내가 오지 않을지도 모른다고 생각해서 전보를 칠 때 아들을 낳았다고 거짓말을 했단다.

북에서는 예부터 아들을 낳으면 기뻐한다. 그건 '인민군'이 생겼다는 기쁨이었다. 하지만 난 아들이나 딸 구분 없이 소중하게 생각했다. 오히려 지금 처지에서는 어머니를 도울 수 있는 딸 하나 있는 게 집안에 더 도움이 될 것 같았다. 이미 딸의 이름은 '명화'라고 지었단다. 내가 온 것을 알고 아파트 이웃들이 몰려 왔다. 나는 보자기를 꺼내 아내에게 건네 주었다. 보자기 안에는 떡과 팥이 들어 있었다. 아내는 그걸 작은 접시에 담아 "남편이 가져온 것입니다" 하며 손님들에게 내줬다. 와병[77] 생활 중인 할머니께도 떡 접시를 드렸다. 할머니는 눈물을 흘리며 "고맙네 고마우이!"라고

---

77) '질병'의 북한어.

말하며 내 손을 꼭 잡았다.

할머니는 양쪽 무릎을 세운 채 다리를 뻗지 못하고 누워 계셨다. 백발 노파의 대소변을 받는 아내의 모습이 보였다. 아내가 말한 대로 그녀가 이 집에서 나오게 되면 할머니를 돌볼 사람이 없어 보였다. 게다가 남동생도 장가를 가야 할 상황이었다. 그래서 난 처가에서 하룻밤만 자고, 아침 일찍 통근 기차에 무임승차해 혼자 다시 신상으로 돌아왔다.

그런데 차마 아버지와 호철이가 있는 집으로 발걸음이 떨어지지 않았다. 빈손인 게 마음에 걸렸기 때문이다. 그래서 다시 숯구이 하는 산으로 향했다. 점심 즈음에 도착했다.

날 보자마자 책임자 희광과 동료들이 반겼다. 딸을 얻었다고 하니 모두 자신의 일처럼 기뻐하고 축하해 줬다. 그날 내가 다시 돌아온 것을 환영하는 조촐한 축하 자리가 있었다. 우린 다같이 술을 마시며 노래를 불렀다. 다들 박수를 치고 시끄럽게 떠들다가 드디어 내가 노래를 부를 차례가 되었다. 난 감정을 듬뿍 담아 노래를 부르기 시작했다.

눈을 감아도 그리운 고향
푸른 언덕이 어리여 오네
타향 만리 길 바래주던 나의 어머니 안녕하신가
보고 싶은 고향에 가고 싶은 조국에
아 아 내 마음 기러기 기루룩 기루룩 가네

이 노래를 하자 다들 숙연해졌다. 고요한 산 속에 슬픈 노랫말이 잔잔히 울려 퍼졌다.

북의 노래라는 건 사실 대부분이 김일성이나 김정일 아니면 당이나 사회주의를 주제로 한 것들이다. 그래서 난 그런 노래를 좋아한 적도 없고 제대로 부른 적도 없다. 나의 노래는 오직 어머니를 주제로 하는 노래, 고향을 그리워하는 노래 아니면 슬픔과 외로움을 담은 노래였다.

내가 이때 불렀던 노래는 비록 북의 노래이지만, 〈민족과 운명〉이란 영화에 나온 주제가로, 내가 좋아하는 주제를 다뤄 거의 유일하게 좋아하는 북한 노래였다. 내친김에 하나 더 기억나는 노래가 있어 연달아 불러 재꼈다.

세월이 모질어 이 고생인가
머슴살이 천대 속에 늙으신 아버지
고생보다 더한 것은 마음의 아픔
아들을 생각하며 더욱 늙었네

다들 깊은 생각에 잠겨 있었다. 외로운 노래가 늦은 밤, 깊은 산 속 어딘가로 전해지는 것 같은 기분이 들었다.

다음 날, 늘 하던 대로 숯구이를 했다. 나는 내 숯가마에 나무를 넣고 시간이 남아서 동료의 일을 도왔다. 무거워 선뜻 어깨에 짊어지지 못하는 나무도 앞장서서 나르고 잘랐다.

그렇게 자연 속에서 살다 보니 여기에 온 지도 벌써 2년 가까이 시간이 흘렀다. 덕분에 몸은 더 단련되어 가슴 두께가 두꺼워졌고 팔다리도 강해졌다. 그뿐만 아니라 산속에서 짐승 울음 소리를 들으며 생활하다 보니 정신까지 강해진 것 같았다.

그러던 어느 날, 아내로부터 다시 전보가 왔다. 이번엔 딸 명화를 데리고 동천리 본가로 들어오겠다는 내용이었다. 이제 이곳 생활을 접고, 집으로 돌아갈 수밖에 없는 상황에 놓였다. 숯구이 동료들은 그간 너무 정이 들어 가족이나 다름 없었다. 헤어지는 게 너무 아쉬워 서로 얼싸안고 눈물을 흘렸다.

＊　＊　＊

동천리 본가에 도착하자 아내 태술이 이미 와 있었다. 아버지는 머릿수가 늘어나면 서로 먹고사는 문제가 더 복잡해지니 차라리 본인만 남겨두고 분가를 하는 게 어떻겠느냐고 하셨다. 당시 아버지의 마음도 이해가 갔다.

내가 고개를 끄덕이자 아버지는 조분단이라는 할머니에게 방을 알아봤다. 그 할머니는 뚱뚱한 체격에 유쾌한 성격을 지니신 분이었다. 방 세 개가 딸린 큰 집에 미치광이가 된 아들 하나를 데리고 사셨다. 우리 집과는 조금 사연이 있는 게, 가끔 아들이 부엌칼을 들고 미쳐서 날뛰면 할머니는 아버지를 찾았다. 가끔 내게도 도와달라고 했다. 아버지와 내가 출동하면 그 집 아들은 입을 꾹 다물고 순한 양처럼 착해졌다.

그런 인연이 있어서인지 할머니는 맨 위의 세 번째 작은 방을 내주셨다. 그런데 부뚜막은커녕 아무것도 없는 휑한 방이었다. 우선 방 밖에 임시 부엌을 만드는 게 큰일이었다. 게다가 하필 그날은 1월 6일로 절기상 대한, 가장 추운 날이었다.

난 강변에서 큰 돌을 7~8개 가져와 기둥 세울 곳을 팠다. 불과 30㎝ 정도만 파내면 되는 간단한 작업이었지만, 땅이 얼어붙어 있어 쉽지 않은 일이었다. 어렵게 곡괭이로 땅을 파낸 후 거기에 돌을 놓고 평평해지도록 돌 아래를 흙을 조절했다. 원래 정식대로라면 모래로 다진 다음에 해야 하는데 한겨울에 모래를 구할 수는 없는 노릇이었다.

그리고 소 키우는 집에서 우차를 빌려 산에서 소나무를 잘라왔다. 보통 20그루 정도가 소가 끄는 양인데 너무 욕심을 냈다. 그 바람에 소가 자주 멈춰 엉덩이를 나무 꼬챙이으로 때려야 했다. 앞에서 소를 잡아 끌기도 했다. 간신히 집에 도착해 소나무 36그루의 껍질을 벗겼다. 그날 작업은 거기까지였다.

다음 날, 더 열심히 움직였다. 돌 위에 통나무 기둥을 세웠다. 그리고 벽에 진구지(벽에 진흙을 바르기 위해 만드는 것)를 만들고 주변에서 옥수숫대를 주워 와 가는 줄로 묶었다. 그다음, 손도끼를 이용해 짚을 10㎝만 한 길이로 만들고 흙을 파서 모았다.

아들 호철이는 밖에서 일하는 내가 추울까 봐 걱정이 됐는지 나뭇가지니 마른 잎 같은 불에 탈 만한 것을 주워 오더니 "아버지 여기에 불 붙여 따뜻하게 해"라고 했다. 난 거기에 불을 붙이고 아들을 무릎 위에 안고 손을 녹여 주며 "좀만 더하면 돼. 그러면 집이 따듯해질 거야"라고 말했다. 아들은 보름달 같은 눈웃음을 지었다.

다시 일을 이어 나갔다. 흙에 짚을 열심히 섞어 물을 붓고 잠시 두었다. 바로 흰 얼음이 얼어 거칠어졌다. 그 흙을 손으로 잡아 벽에 조금씩 꾹꾹 누르면서 발라 나갔다. 어느새 손이 얼얼하고 감각이 없어졌다. 불을 쬐면 손이 아플 지경이었다. 그래도 이를 악물고 벽을 발랐다.

바깥쪽이 마르면 안쪽의 벽을 발라야 하는데 벽이 얼어 번들번들 빛났다. 지붕과 벽 사이의 틈새에는 긴 지푸라기와 진흙 섞은 것을 발라 바람 구멍을 막았다. 지붕은 가는 통나무를 40㎝ 간격으로 둬서 서로 어긋나지 않게 했다.

마지막으로 못이 없어서 줄로 연목서까래[78]를 묶었다. 우선 가마니를 한 장씩 깔고 그 위에 짚을 깔아 바람에 날아가지 않게 줄로 단단히 고정했다. 볼품은 없었지만 필사적으로 완성한 것이었다.

그 작업 기간 동안에는 가족들은 다들 조분단 할머니 방에 있었다. 다행히 할머니는 호철이를 매우 귀여워해 주셨다. 한편으로 불쌍하게 여기는 것 같기도 했다. 누룽지가 있으면 내다 주고, 기름을 짜고 남은 찌꺼기를 호철에게 먹여 주기도 하셨다. 먹을 것이

---

78) 지붕을 만들기 위한 서까래.

너무 없어 그런 거라도 챙겨 주셔서 무척 고마웠다. 할머니는 마을 사람들이 가지고 오는 콩이나 참깨로 기름을 짜는 일을 하셨다. 일제시대 때 얻은 기름 짜는 작은 기계가 있어서 가능한 일이었다.

이제 아내가 가져온 철솥을 부엌에 설치했다. 아내가 올 때 조금의 쌀과 옥수수 가루를 가져온 덕에 절약해서 먹으면 2~3일은 함께 버틸 수 있었다. 그런데 그 이후가 문제였다. 아무런 대책이 없었다. 먹을 걱정에 몸이 떨릴 지경이었다.

결국 며칠 뒤, 아내는 명화를 데리고 함주로 돌아갔다. 처갓집에서는 매일 세끼를 먹을 수 있었는데 여기선 하루 한 끼, 그것도 시래기나 산에서 캐 온 풀 말린 것만 먹어야 했다. 그래서 버티지 못하고 다시 돌아간 것이었다.

마을관리위원회에서 나를 싫어했다. 숯구이를 하다가 갑자기 농산반에서 일하겠다고 하니 미워한 것이다. 그리고 아직 결산이 되지 않았다는 이유로 아무런 음식도 주지 않았다. 아내는 10일 정도 지나서 명화를 다시 데려왔다. 오면서 1kg 정도 되는 옥수수 가루를 가져왔다. 3일 정도 지나 음식이 떨어지자 다시 함주로 돌아갔다. 당분간 이러한 생활을 반복했다. 나는 매일 밤, 큰 아들 호철이를 끌어안고 노래를 부르며 보냈다.

소쩍새야 소쩍새야 슬피 우는 소쩍새야
네가 우는 그 마음은 나도 안단다
울지 마라 수쩍새야 네가 울면은

아버지 생각나서 나도 울고 싶단다

그나마 다행인 건 둘째 딸 명화는 태어난 뒤로 함주에서 큰 고생도 없이 모유도 먹고 밥도 먹고 자랐던 것이다. 이제 곧 두 살이 되었다.

그러던 어느 날, 아내가 아주 동천집에 살겠다고 왔다. 무슨 일이 있는지 캐묻지 않아 정확하게 알 수 없었지만, 아무래도 처남이랑 싸운 것 같았다. 다시 걱정이 늘었다. 나 혼자라면 눈이라도 퍼먹고 말라 비틀어진 잎이라도 주워 먹으며 어떻게든 생존할 텐데…. 솔직히 아들 호철이 하나 돌보는 것도 벅찬데 이제 아내와 딸 명화까지 더해져 입이 넷이 되니 걱정이 이만저만이 아니었다.

* * *

봄이 오자 길이든 산이든 가리지 않고 열심히 풀을 캤다. 날이 따스해 강에 물고기라도 보이면 잡을 때까지 집요하게 쫓아가 잡았다. 아내는 처갓집이 있는 함주가 아닌 함흥에 가끔 다녀왔다. 거길 다녀오면 소량의 고기와 옥수수 가루 같은 걸 들고 왔다. 아무래도 의아했던 나는 어디에서 난 것인지 캐물었다. 알고 보니 함흥 병원에서 피를 팔고 받아 온 것이었다. 너무 가슴 아프고 속상했다.

배가 고플 때면 돌아가신 어머니 생각이 가장 많이 났다. 어머니가 살아계실 당시, 나는 산에 자주 나무를 자르러 갔다. 그때 다른 사람들은 낮에 먹을 주먹밥을 챙겨 왔는데 우리 집은 아무것도 싸 줄 게 없어 어머니가 많이 우셨다. 난 일하러 가서 냇물이나 생풀을 뜯어 먹으며 일을 해야 했다.

그러다 하루는 어머니가 풀에 옥수수 가루 한 숟가락 넣고 죽을 만들어 벤토(점심 담는 그릇)를 정성스레 싸주셨다. "마사보, 똑바로 들고 가야 돼. 흔들리거나 뒤집어지면 다 쏟아지니까." 그날은 산에서 일을 하다 점심시간이 되자 다른 친구들에게 "나는 맛있는 것을 가져와서 너희들과 같이 먹으면 다 뺏길 테니 따로 먹을 거다" 하고 시냇물이 흐르는 나무 아래에서 벤토 뚜껑을 열었다. 그런데 이미 국물이 흘러 넘쳐 벤토를 싼 보자기가 흠뻑 젖어 있었고 정작 벤토는 딱딱하게 말라 있었다. 통 구석에 풀떼기 조금만 붙어 있을 뿐. 순간 나는 이 정도의 복밖에 없는 인생이란 생각이 들었다. 그러다가도 아무것도 먹지 못하고 이 정도의 벤토를 싸 주려고 한 어머니의 정성을 생각하면 그저 눈물이 흘러 넘칠 뿐이었다. 풀떼기가 목구멍에서 턱 하고 막혀 넘기기 힘들었던 기억이 생생히 떠올랐다.

매일 먹을 것을 가지고 사투를 벌이다 어느새 6월에 접어 들었다. 그사이 아내는 임신을 해 만삭이 됐다. 그날은 1979년 6월 3일이었다. 밤 여덟 시경부터 아내의 복통이 시작되자 난 아내를 업고 진료소를 가려 했다. 그런데 그녀는 팬티를 입지 않아 창피해서 죽어도 가지 못하겠다고 버텼다. 나는 어안이 벙벙해졌다. 알고 보니 그녀는 지금껏 길가에 버려진 천 조각을 주워 깨끗이 세탁한 후 가위로 잘라 찢어진 부분을 기워 입었었는데 어느 순간 팬티가 너덜너덜해지자 나처럼 팬티를 입지 않은 것이었다.

하는 수 없이 나는 집에서 아이를 받을 준비를 했다. 수많은 출산을 돕던 어머니 곁에서 들은 바가 있어 일단 가마 안에 실과 가위, 천조각 등을 넣고 불을 피워서 소독하며 온돌 온도를 올렸다.

곧 아이가 태어날 모양이었다. 아내는 몇 번이고 심한 복통이 와 소리를 질렀다. 내가 무릎을 세우자 그녀는 거기에 배를 대고 힘을 썼다. 호철이와 명화는 구석에 앉아 불안한 눈으로 이 광경을 보고 있었다.

그런데 그 정신없는 와중에 또 다른 큰 걱정거리가 생겼다. 보통 출산을 하면 피를 깨끗하게 해야 한다고 미역국을 먹이거나 힘내라는 의미로 찹쌀이나 기름, 계란, 고기 등을 준비한다. 그러나 우리 집엔 먹을 게 아무것도 없었다. 단지 처마 밑에 바싹 말린 시래기만 보일 뿐…. 그게 가진 것의 전부였다. 이것도 가을에 수확이 끝난 밭에서 떨어진 걸 주워 모은 것이었다. 아무튼 이게 유일한 생명줄이었다.

아내는 내 무릎에 배를 대고 내게 안겼다. 그리고 좀 더 힘껏 배를 눌러 끙끙 힘을 썼다. 내 무릎에선 아기의 꿈틀거림이 전해졌다. 그런데 아기는 나오지 않고 거기서 피만 철철 나왔다. 순식간에 좁은 온돌방에 피가 퍼졌다. 명화가 울기 시작하자 호철이가

"울지 마. 울지 마" 하고 달랬다. 자기도 울면서 말이다.

소독을 위해 올려 둔 솥이 부글부글 끓었다. 밤 여덟 시경 시작된 진통은 열 시가 넘도록 이어졌다. 그사이 바닥은 온통 피범벅이 되었다. 아내는 당시 영양실조로 앙상하게 말라 있었다. 그래서 쓸 힘을 다 쓴 모양이었다. 이제 그녀는 나를 안은 채 기대 있을 뿐이었다. 그러다 어느 순간 아내의 얼굴이 파래졌다. 그건 어머니가 돌아갈 당시와 비슷한 느낌이었다. 순간 공포와 불안감이 엄습했다.

그 상태로 또 한 시간 이상이 지났다. 나는 큰 소리로 "아무도 없어요? 누군가 와 주세요. 살려주세요" 하고 외쳤다. 동시에 호철이와 명화는 더 크게 소리를 내며 울었다. 그런데 한밤중이라 그런지 아무도 도우러 오는 사람이 없었다.

아내는 마지막으로 힘을 짜내 내 무릎에 배를 눌렀고, 나는 손으로 그녀의 등을 힘껏 눌렀다. 마침내 아기의 머리가 나왔다. 그런데 그 이상 나오지 않는 것이었다. 아기는 머리를 움직이는데 서서히 얼굴이 검게 변했다. 그 상태로 목이 조여지는 것이었다. 나는 깜짝 놀라 목이 걸린 부분에 손가락을 넣고 틈을 열었다. 순간 아기가 숨을 쉴 수 있게 해야 한다고 판단한 것이다. 옆에서 내가 할 수 있는 일은 이것밖에 없었다. 그때까지만 해도 잘 참고 견디던 나도 소리를 내며 울기 시작했다. 자칫 잘못하다 산모와 아이 모두 죽을 수도 있는 위험한 순간이었다.

"힘내. 아기도 너도 위험해. 절대 정신 잃으면 안 돼. 힘내자" 다시 이내는 짐승 같은 절규를 하며 몸을 쥐어짰다. 나는 이번에도 손으로 등을 눌러줬다. 그러자 마침내 탯줄에 감긴 아기가 스윽 하더니 천천히 빠져나왔다. 난 일단 아기를 천 조각 위에 눕히고 내 셔츠를 벗어 걸쳐 주었다. 그 사이 아내는 피범벅이 된 채로 축 늘어졌다. 그래서 천 조각을 말아 만든 베개에 눕혔다. 그리고 부엌으로 가서 가위, 천 조각 그리고 실을 꺼내 왔다. 이건 모두 마을 사람들이 출산을 할 때 사용하던 어머니의 물건들이었다.

그런데 아기가 죽은 건지 아무 소리도 내지 않았다. 난 불안한 마음에 손을 달달 떨며 배꼽의 탯줄을 10㎝ 정도 길이로 잘라 묶었다. 여전히 아기는 울음소리도 움직임도 없었다. 어느새 울음을 멈춘 호철이와 명화는 빤히 아기를 쳐다봤다.

설상가상으로 산모는 아직 후산[79]을 하지 않았다. "태술아, 아직 태가 나오지 않았어. 정신차려!"라고 말했지만 대답도 없었다. 다른 가족들은 출산 때 힘을 낼 수 있도록 계란을 먹인다고 하는데 나는 아무것도 해 줄 수 있는 게 없었다.

천만다행으로 잠시 후, 후산이 나왔다. 나는 아내를 눕힌 채 후산을 물로 씻었다. 뾰족하게 한 싸리 나무 꼬쟁이로 찌르고 피를 제거하고 비벼 씻었다. 그리고 말린 무청을 데쳐 그걸로 후산한 태반[80] 고기를 잎에 싸서 아내의 입 속에 조금씩 넣었다. "이것을 삼키지 않으면 네가 죽을 수 있으니 꼭 삼켜야 해"라고 했다. 그녀는

---

79) 해산한 뒤에 태반과 양막이 나오는 일.
80) 임신 중 태아와 모체의 자궁을 연결하는 기관. 태아에게 영양분을 공급하고 배설물을 내보내는 기능을 한다.

두세 번 삼키고 나서는 얼굴이 백지장이 되어 기절했다.

뒤늦게 풍단 할머니가 "호철아 호철아" 하며 들어왔다. 할머니는 눈이 뒤집어지도록 놀라며 호철이와 명화를 안았다. 그리고 아내를 처다봤다. 할머니는 눈에 눈물을 머금고 어떻게든 빨리 하지 않으면 안 된다고 혼잣말을 되뇌었다. 나는 녹초가 된 상태였지만 아내를 업고 진료소로 뛰어갔다. 한밤중이라 당연히 진료소에는 아무도 없었다. 그래서 난 진료소 소장 집으로 찾아가 문이 부서져라 두드렸다. 그러자 자고 있던 의사가 눈을 비비며 밖으로 나왔다. 그는 김오식이라는 의사였다.

그는 밤중에 달빛에 비친 내 모습과 피투성이로 업혀 있는 아내를 보고 화들짝 놀랐다. "살려 줘. 방금 애기를 낳고 기절해 버려서 의식이 없어"라고 다급하게 말했다. "응, 알았다. 빨리 진료소에" 오식이도 맨발로 절름대며 달렸다. 내 나이 열일곱살 때 '페니실린' 때문에 그와 유리창을 깨질 정도로 크게 싸운 적이 있었지만, 그 사건 이후로 오랫동안 알고 지내며 서로 돕고 지내는 좋은 사이였다.

우리는 진료소 안으로 들어갔다. 나는 나무 위에 모포를 깐 침대에 아내를 눕혔다. 그러자 오식이가 주사를 놓고 링거를 꽂았다. "운이 좋았어. 조금만 늦었어도 위험했을 거야. 반드시 살려낼 테니 걱정하지 마라" 오식의 그 말에 나는 그의 손을 잡고 연신 고맙다고 인사를 하며 고개를 숙였다. 오식이는 산모는 현재 영양실조인 상태라서 아기에게 모유를 먹이면 산모가 죽는다며 절대 모유는 먹이지 말라고 했다.

나는 가까스로 위기를 넘기고 다시 집으로 돌아왔다. 그사이 풍단 할머니는 온돌을 깨끗이 닦아내고 피가 붙은 것들을 전부 물에 담궈 뒀다. 할머니는 "아기가 죽은 게 아닐까? 아무 소리도 안나"라고 했다.

'아기는 죽은 건가?'

그저 깊은 한숨만 나올 뿐이었다.

고개를 돌려보니 새벽 네 시였다. 그때 누군가 문을 열며 들어왔다. 그녀는 오식이 밑에서 일하는 여자 간호사였다. 그런데 그녀가 들어오자마자 지금까지 조용하던 아기가 갑자기 "응애응애" 하며 우는 것이었다. 나와 할머니는 기뻐 눈물이 터졌다.

모두 살았다. 다행이었다. 정말 다행이었다. 난 곧장 아기의 얼굴을 봤다. 내 눈물이 아기의 얼굴이 톡톡 떨어졌다. 간호사는 내게 지금까지 경과를 물었다. 내가 설명하자 무척 놀랐다. 정말 긴 사투였다.

간호사는 아기의 탯줄을 소독해 거즈에 싸 주었다. 그리고 아기의 입, 혀, 귀, 코를 닦았다. 그런 그녀의 눈에도 이슬이 맺혀 있었다.

잠시 후, 할머니는 집에서 무언가를 가져왔다. 약간의 쌀과 옥수수, 풀을 익혀 잡탕죽을 만들어 호철이와 명화에게 먹였다. 나는 남은 죽을 작은 냄비에 담았다. 그리고 아기를 안고 호철이와 명화도 데리고 매일 병원을 찾아갔다. 아내에게 먹이기 위해서였다. 그리고 호철이를 키울 때처럼 마을 여성들에게 모유를 받으러 다녔다. 이미 그런 경력이 있어서인지 마을 여성들은 내가 나타나면 "여기로, 여기로" 하며 모유를 먹여 주었다.

정말 감사한 일이 아닐 수 없었다. 이곳에 처음 왔을 때 "쪽발이", "일본 집"이라며 멸시당하고 돌이 날아올 정도로 심한 괴롭힘을 당했는데, 이제는 이웃 주민들이 이렇게 따뜻하게 대해 줬다. 물론, 북한 정책으로 인해 이곳 주민들 가운데 70퍼센트에 가까운 사람들이 황해도 주민으로 바뀐 탓도 분명 없지 않아 있겠지만, 그래도 다들 궁핍한 삶 속에서 서로 돕고 사는 정이 남아 있었다. 난 주민들의 그 따스함에 격세지감을 느꼈다.

* * *

막내아들 이름은 호성으로 지었다. 그런데 아내가 좀처럼 일어나지 못했다. 북한에서는 한 번 영양실조에 걸리면 회복하기 상당히 어렵다. 영양가 있는 음식으로 보충해 줘야 하는데 그게 현실적으로 불가능하기 때문이다. 가뜩이나 여자는 출산 후에 영양을 잘 취하면 있던 병도 낫는다고 하는데 우리에겐 꿈도 꿀 수 없는 이야기이다.

그나마 대행인 것은 진료소 의사 오식이가 병실에서 여러 조치를 취해 준 것이었다. 그는 자신의 집에서 만든 음식을 아내에게 먹여 주기도 했다. 그럼에도 불구하고 입원은 2년 동안이나 지속되었고, 아내는 그 뒤에야 집으로 돌아올 수 있었다. 아내는 5일 정도 집에 있다가 호성이와 명화를 데리고 다시 처가가 있는 함주로 갔다. 그리고 한동안 돌아오지 않았다. 서로 편지만 주고 받았다.

당시의 먹기 위한 투쟁은 이루 말로 할 수 없을 지경이었다. 풀을 뜯어 먹거나 과수원의 여물지도 않는 직경 2~3㎝의 콩알만 한 복숭아를 훔쳐 가마에 익혀 가지고 몇 개씩 먹으면서 버텼다.

호성이는 어느새 세 살이 되어 걸을 수 있는 나이가 되었을 텐데 아내는 여전히 돌아오지 않았다. 그녀는 "당신이 함주로 와서 집을 받아 살 수 있다면 그때 같이 살겠어요"라고 편지를 썼다.

나는 막내아들 호성이가 너무 그리워 휴일마다 통근 기차를 타고 함주에 갔다. 그리고 아내가 사는 집 모퉁이에 하루 종일 서 있다가 멀리서 아들의 모습을 스윽 바라보고 돌아오는 식이었다.

그러다 한번은 아들이 다른 작은 친구와 노는 것이 보였다. 내가 가까이 다가가니 가만히 응시하다가 안아 달라고 양손을 폈다. 순간 눈물이 흘러 넘쳤다. 나는 아들을 꼭 껴안으며 "호성아"라고 이름을 불렀다. 아들도 내가 아버지라는 것을 알고 있었다.

그날 집으로 돌아오자마자 나는 죽음을 각오하고 다시 김일성 앞으로 편지를 쓰기 시작했다. 일본에서 오게 된 후, 지금까지 있던 모든 일 그리고 지금은 아이들과 헤어져 뿔뿔이 흩어져 살 수밖에 없는 상황을 적고 부디 함주에서 살 수 있게 해 달라고 간절함을 담아 편지를 부쳤다. 보름 뒤, 천하의 김일성도 정이 있었는지 함주에서 사는 것을 허락해 줬다.

난 우선 매일 함주로 가서 직업을 찾았다. 한 임업기계공장에서 트랙터 운전기사가 필요하다고 했다. 간신히 일자리를 찾은 것이었다. 남은 고민은 당장 살 집이 없는 것이었는데 마침 그들은 트랙터 운전기사로 1년간 일을 해 주면 공장에서 어떻게든 집을 해결해 준다고 약속했다. 그래서 공장의 콘크리트 창고에 침대를 하나를 놓고 집이 생길 때까지 지내도 좋다는 허락을 받았다. 그곳은 아내의 집과는 불과 2㎞ 정도 떨어진 곳이었다.

그날 나는 동천에 계신 아버지에게 "호철이도 점점 커 가고 함주로 가서 아이들과 함께 살고 싶습니다. 내 집이 생기면 그때 아버지도 모시러 오겠습니다"라고 했다. 그러자 아버지는 "알겠다"라고 슬픈 음성으로 말씀하셨다.

난 그렇게 함주의 임업기계공장의 노동자가 되었다. 큰아들, 호철이는 이제 초등학생(소학생)이었다. 1년만 노력하면 집을 준다니 희망을 품고 정말 열심히 일했다. 일이 끝나면 콘크리트 창고에 놓인 침대에서 호철이를 안고 잤다.

이걸 본 소일광이라는 같은 공장에서 일하는 선반공이 내가 불쌍하다며 냄비 하나와 찻잔을 줬다. 그는 알고 보니 나와 같은 귀국자로 동년배였다. 그의 어머니는 일본인이며, 아버지는 함주 행정위원회의 부위원장을 하다가 돌아가셨다. 나는 그에게 받은 냄비로 밥을 하고 된장을 발라 반찬으로 먹었다. 당시 배급받은 식량은 쌀과 잡곡이 3:7 비율로 이루어져 있었다. 예전 농장원에 비하면 훨씬 힘이 나는 곡물이었다. 난 항상 나보다 아들을 더 많이 먹여 학교에 보냈다. 아들이 멘 가방도 일광에게 받은 것이었다. 그는 참 따스하고 상냥한 사람이었다.

낯선 도시라 아는 사람도 없다. 그저 밤낮으로 기계 돌아가는 소리만 들릴 뿐이었다. 공장 사람들은 "거지", "창고의 아이"라며 여기저기서 수군댔다. 그런 일 때문인지 아들이 집에 들어오는 게 늦어졌다. 밤에 자고 있다가도 공장에서 트랙터로 뭔가를 옮기라는 지령이 떨어지면 한밤중에 일하러 나갔다. 그래서 어떤 때는 아들에게 아침밥을 챙겨 주지 못하는 경우도 있었다.

하루는 아들이 알몸이 되어 맨발로 가방도 없이 울며 돌아왔다. 누가 가진 것을 모두 빼앗고 두들겨 팬 모양이었다. 난 아들을 안고 이 세상을 원망했다. 화가 나서 누가 그랬는지 물었지만 찾을 방법이 없었다. 난 염치 없지만 다시 일광에게 이런 사정을 말하며 도와 달라고 부탁했다. 그러자 그는 자신이 어릴 때 입던 낡은 옷을 주고 가방도 줬다.

그러던 어느 날, 일이 터지고 말았다. 아들이 한밤중인데도 돌아오지 않는 것이었다. 다음 날까지 뜬 눈으로 기다려 봤지만 역시나 돌아오지 않았다. 너무 걱정이 되었던 나는 지배인에게 하루만 시간을 달라고 해서 아들을 찾겠다고 함주읍 전체를 뒤졌다. 그러나 어디에도 보이지 않았다. 설마 동천의 아버지에게 간 건 아닐까 하고 거기도 가 봤다. 하지만 아버지는 큰아들 호철이를 보지 못했다고 했다. 정말 미쳐 버릴 것 같았다.

그때 불쑥 아내가 처가에서 호철이만 돌봐 줬다면 이런 일도 생기지 않았을 거란 원망이 들었다. 아내는 차가운 사람이었다.

아무 소식 없이 이틀이 더 지났다. 그런데 그때 공장 지배인이 내게 오더니 빨리 장흥역에 가 보라고 했다. 방금 안전부에서 연락이 왔는데 장흥역 벤치에 알몸으로 있는 사내아이가 있어 아버지 이름을 물어보니 도창순이라고 했단다.

북에선 여행증명서 없이 맘대로 장흥역에 가는 건 안 되는 일이지만, 난 눈이 뒤집혀 기차에서 잡히든 말든 상관없이 오는 기차를 타고 장흥역에 내렸다. 역무원에게 물으니 손가락으로 벤치 하나를 가리키며 저기 있다고 알려줬다. 난 벤치에서 미동도 없이 누워 있는 아들에게 다가갔다. 정말 죽기 직전이었다. 아들의 입술은 바짝 말라 있었고 눈은 열리지 않았으며 몸은 축 늘어져 있었다. "호철아…"라고 부르며 껴안았다. 하지만 아들은 아무런 대답도 없었다. 정말 눈물이 멈추지 않았다.

난 윗도리를 벗어 아들을 감쌌다. 그리고 아들을 안고 기차에 올라 호소했다. "누구 좀 도와주세요. 삼 일간 아무것도 못 먹었습니다. 제발 좀 도와주세요. 누가 제발 음식 조금이라도 좀 주세요." 다행히 누군가가 빵과 물을 줬다. 난 조금씩 빵을 뜯어 아들의 입에 넣어 주고 물도 먹였다. 그러자 아주 작게 아들의 입이 움직였다.

불쑥 '그냥 죽자! 죽어 버리자. 이렇게 살면 뭐 하나' 하는 충동이 끓어올랐다. 하지만 그와 동시에 "마사보, 넌 어떤 일이 있어도 살아야 해. 그리고 반드시 돌아가야 해" 하고 타이르는 어머니의 목소리가 귀에 울렸다.

공장 창고로 돌아와 남은 식량을 싹싹 긁어 밥을 했다. 그래 봤자 쌀 일곱 숟가락 정도였다. 그걸로 죽을 만들어 자고 있는 아들의 입에 조금씩 넣어 주었다.

그 뒤로 일 년이 지났고, 약속대로 공장에서 집을 줄 거라 생각했다. 그런데 공장에서 맨션이나 집을 지어도 간부와 성분 좋은 사람들만 들어갈 뿐, 내가 살 집은 어디에도 없었다. 너무 화가 났다. 하루 빨리 다른 집을 찾지 않으면 안 된다는 생각에 그곳을 떠났다. 마침 함주에 전구 공장에서 트랙터 운전기사 자리를 찾았다. 이곳 공장은 평양에서 가져온 — 그 전에는 일본에서 들여온 — 고장난 형광등을 가지고 와서 양측을 절단한 후 새로운 형광등을 만들거나 그 유리로 병이나 전구, 어항 등을 만드는 일을 주로 하는 공장이었다. 공장 지배인은 이곳에서 일해 주면 일 년 후 집을 주겠다고 했다. 임업기계공장 측 지배인과 똑같은 말을 했지만 이곳이 훨씬 더 약속을 지킬 가능성이 있어 보였다. 왜냐하면 그때 공장 맞은편에 5층 거주 건물을 한창 짓는 중이기 때문이었다. 그래서 난 그곳에서 일하기로 했다.

여기는 우리를 위해 경비실을 하나 비워 줬다. 그런데 근처에는 깨진 유리조각이 산처럼 쌓여 있었고 한쪽에는 압축기가 하루도 쉬지 않고 움직였다. 그리고 반대쪽에는 창고와 실험실이 있었고 뒤편에는 전기기기 공장에서 내뿜는 검은 연기가 파란 하늘을 검게 물들이고 있었다. 그뿐만 아니라 주위에 쉴 새 없이 요란한 소리를 내는 프레스와 함마 소리가 가득했다.

난 온돌을 고쳐서 아들을 데리고 그곳에 들어갔다. 방에 머리를 대고 누우니 기계 소리와 진동이 머리부터 발끝까지 울려 퍼졌다. 하지만 당분간 집을 얻을 때까지 이 지독한 환경에서 버텨내야 했다.

그때도 매주 김일성 혁명 연구실에서 한두 시간씩 공부했다. 여기에 참가하지 않으면 정치범으로 처벌을 받기 때문에 반드시 해야 했다. 그리고 생활총화[81]에도 참여했다. 이것은 전국 어디에서나 하는 것이었다. 태어난 지 얼마 안 된 아기부터 "아버지 김일성 원수님, 고맙습니다"를 외우게 했다. 책이든 노래이든 전부 김일성과 김정일, 당 그리고 사회주의가 얼마나 좋은가에 대한 내용뿐이었다.

북한에서 읽었던 책 중 거의 유일하게 좋았던 건 임춘추가 쓴 『청년 전위』라는 책이다. 그는 항일 빨치산으로 싸운 사람으로 이 책의 내용은 빨치산 싸움을 다뤘다. 그리고 전투 중 꽃핀 사랑에 대한 이야기도 담겨 있었다. 그런데 여기에 쓰여진 사랑에 대한 내용이 문제가 되어 비난이 쏟아졌고 사장됐다. 혁명 앞에는 연정도 사랑도 없는 것이었다. 그런 건 오직 김일성과 김정일에게만 있는 것이었다. 북한은 혁명과 전투 속에 태어나고 자라 싸우고 일생을 마친다. 그것이 곧 혁명 정신이자 김일성과 김정일의 정신이었다.

그래서 농촌에 쓰이는 용어도 '모내기 전투', '풀베기 전투', '볏가을 전투', '비료 만들기 전투', 전투가 없는 날이 없다. 그리고 내가

---

81) 일수일에 한 번씩 김일성의 교시를 읽는다. 그리고 자기 비판을 히고 다른 사람 비판을 한다. 비판할 게 없어도 해야 한다.

일하는 공장에서도 날짜를 정해 '50일 전투', '70일 전투', 이렇게 언제나 반복되는 전투로 사람들을 압박했다.

북에서는 사내아이가 태어나면 인민군이 나왔다고 기뻐하고, 자신의 생명은 자신의 것은 아니라 김일성, 김정일, 당의 생명이라고 했다. 김일성과 김정일을 '아버지'라 했고 당을 '어머니'라 했다. 국민은 자녀들인 셈이다. 그런데 이상하게도 아버지, 어머니는 자녀들의 피와 기름으로 점점 살이 찌고 자녀들은 궁핍과 굶주림과 점점 말라 죽어 간다. 내가 굶어 죽는 한이 있어도 자식을 먹이고 지켜내는 것이 진정한 부모의 도리가 아닌가? 난 아이를 키우면서 그런 생각이 더 강해졌다.

어느 날, 아내가 두 아이를 데리고 내가 (큰 아들과 함께) 사는 전구 공장 경비실을 찾아왔다. 이제 함께 살겠다는 것이었다. 사연을 들어보니 아내는 처남과 크게 싸워 집을 나왔다고 했다. 처남이 어디서 여자를 데리고 와서는 누나와 같이 살 수 없다고 성질을 내는 바람에 매일 싸운 것이었다. 이 좁은 방에 다섯 식구가 모여 다시 살아가게 됐다. 걱정이 이만저만이 아니었다.

전구 공장에서 더 열심히 일을 해야 했다. 낮이나 밤이나 일만 했다. 그나마 조금이라도 배급이 나와서 다섯 식구가 어떻게든 먹고살았다.

그런데 다른 문제가 터졌다. 막내아들 호성이가 경비실 주변에 쌓인, 깨진 유리조각 위에서 놀다가 그만 사고를 터트렸다. 길이

50㎝ 정도 되는 유리관을 가지고 놀다가 어린 호기심에 그것을 입에 넣었고 잘못 발을 헛디뎌 구른 것이었다. 유리가 목젖을 찔러 입에 피가 멈추지 않았다. 난 그 소식을 공장 사람이 알린 후 곧장 병원까지 업고 뛰었다.

정말 천만다행으로 입안에 남은 유리를 제거해 목숨은 살렸다. 하지만 아이를 병원에 입원시켰지만 수혈을 받을 수 없었고 설사가 멈추지 않고 쇼크가 계속되어 말도 잘 하지 못했다. 그저 내 손을 잡은 채 놓지 않을 뿐이었다.

의사는 위험하다고 했다. 가능성이 없다고 할 땐 정말 하늘이 무너지는 것 같았다. 페니실린과 크로마이신이 있으면 좋아질 거라고 했지만 그 병원에는 그게 없었다.

그래서 나는 수소문을 해 귀국자인 부업용이라는 사람의 집을 찾아갔다. "제 아이를 도와주세요. 죽어가고 있습니다. 병원에서 페니실린과 크로마이신을 가지고 오라고 합니다. 소문을 듣고 찾아왔습니다. 지금은 돈이 없습니다만 반드시 답례하겠습니다. 꼭 좀 부탁드립니다"라고 사정했다. 하지만 그는 그런 게 없다고 했다. 그런데 다음 날 보니 그는 그것들을 장마당에 내다 팔고 있었다.

그는 나를 바보 취급했다. 사실 그뿐만 아니라 다른 귀국자들도 나를 바보 취급했다. "왜 일본에서 온 주제에 아무것도 없는 거지인 것인가? 창피하게 귀국자의 얼굴에 왜 먹칠을 하고 있는가?" 이런 말을 자주 들었지만 끝까지 참고 싸우지 않았다. 왜냐하면 그들과 싸우면 "봐 봐, 일본에서 온 것들끼리 싸우고 있잖아. 역시 자본주의에서 온 것들은 원래 그래"라고 북한 원주민들이 일본 귀국자들을 깎아내릴 것 같았기 때문이다. 일본은 누가 뭐라 해도 어머니의 나라였고 내가 어린 시절 태어나고 자란 나라였다.

나는 하는 수 없이 기계 공장에서 일할 때 자재부에 있던 사람을 찾아갔다. 그 사람은 인정이 많고 따뜻한 사람이었다. 그는 내 사정을 듣더니 약은 없지만 소중히 여기던 산삼이 있다며 잎이 붙은 산삼을 내주었다. 난 곧장 병원에 가서 그걸 달여 막내 아들에게 먹였다. 산삼이 기운을 차리는 데 큰 도움이 된 걸까? 의식이 없던 아들은 정신을 차리고 무사히 퇴원할 수 있었다.

막내 호성이는 어릴 때부터 병치레가 잦았다. 아들은 울면 배꼽이 풍선처럼 부풀어 올랐는데 손바닥으로 어루만져야 제자리로 돌아갔다. 그래서 배꼽이 나오지 않게 늘 배꼽에 동그란 10전 짜리 동전을 붙이고 있었다. 또 한쪽 고환이 항상 배에 들어가 나오지 않았다. 그래서 어디에 매달리면 아프다고 했다. 중학교 2학년 때 즈음엔 이 헤르니아 증상으로 인해 고환이 썩어 들어가서 위험한 상태에 이르렀다.

당시 가와사키에서 온 귀국자 정국태라는 친구가 함흥의학대학 병원의 복부 외과의로 일했는데 그 분야에서 유명하다는 소문을 들어 그를 찾아갔다. 그는 나를 보자마자 "도짱! 도창순 아닌가?"라며 기뻐했다. 무려 20년 만에 처음 보는 동창생이었다.

그는 내 아들 몸 상태를 듣더니 빨리 병원에 입원시키라고 했다. 고맙게도 수술을 그가 직접 해 주었다. 난 3개월 동안 냄비밥을 만들어 바람이 부나 비가 내리나 2시간 이상을 걸어 병원을 왔다 갔다 했다. 덕분에 아들은 완전히 회복할 수 있었다. (훗날 국태는 복부 분야 — 신장, 맹장, 헤르니아 등 — 수술 실력을 인정받아 평양까지 불려가 중앙당 간부들의 수술을 했다.)

그 즈음 둘째 딸 명화는 유치원에서 구연동화 연습을 했다. 내 딸이어서가 아니라 명화는 정말 잘했다. 우는 장면에서 실제로 눈물을 흘리며 연기했다. 그걸 본 사람들은 천재라고 칭찬을 하며 대단한 딸이라고 많이들 부러워했다. 재능을 인정받자 당 간부와 교육위원회의 과장이 담당을 맡아 훈련을 시켰다. 결국, 함흥으로 가서 함경남도 대표로 뽑혀 유치원생들끼리 극 연기를 하는 대회에 까지 나가게 되었다. 교육위원회 과장은 여기서 1등 하면 평양에 불려 가 4월 15일 김일성 생일에 김일성 앞에서 연극을 올린다고 했다.

간부와 과장은 딸을 자동차에 태워 함흥의 예술극장으로 가서 전문가에게 연습을 시켰다. 매일 그렇게 했다. 마침내 연극 대회 날이 다가왔고 딸은 훌륭하게 연극을 올렸다. 그리고 밤이 되어 돌아왔다. 간부와 과장은 "아주 대단했다. 보고 있는 사람들 모두가 울었다. 1위는 문제 없을 거야"라고 했다. 그리고 심사위원들도 "이 아이는 정말 대단해. 1위야"라고 극찬을 했다고 했다. 우리 가족 모두는 딸 덕분에 평양에 갈 수 있게 되었다고 기뻐서 날뛰었다.

그리고 시간이 흘러 평양에 가는 날이 다가왔다. 그런데 당연히 딸이 1등일 줄 알았는데 평가가 바뀌었다고 했다. 정작 뽑힌 건 함경남도 도당 책임비서의 딸이었다. 교육위원회 과장은 너무 억울해했다. 책임비서의 딸은 연극이 서툴러 평가가 좋지 않았기에 당연히 명화가 1등일 거라고 확신했다고 그랬다. 나는 너무 분했다. 북에서는 아무리 기량이 우수하다고 해도 통하지 않았다. 간부 아래 평민이 있고 그 아래에 귀국자가 있다는 것을 다시 한 번 실감했다.

여긴 아무리 능력이 있어도 성분이 좋지 못하면 멈춰 버리는 곳이다. 하지만 바보라 할지라도 성분만 좋다면 대학에 갈 수 있다. 이렇게 한 인간의 운명은 날 때부터 정해진다.

드디어 집을 주겠다고 약속한 날이 가까이 다가오고 있었다. 공장 지배인과 비서는 '김장 전투'가 끝나면 집이 나올 거라고 했다. 김장 전투는 가을이 끝나갈 무렵 시작된다. 난 아침 일찍부터 밤늦게까지 배추와 무를 트랙터로 운반했다. 다음 날, 공장의 마당에는 배추와 무가 산처럼 쌓여 있었다. 그럼 경리들이 세대별, 인원수에 맞게 나눈 후 배추와 무를 종업원들에게 분배했다. 난 내 몫을 찾아서 집으로 옮겼다. 그런데 이제 슬슬 집에 대한 이야기가 나올 법도 한데 어째 아무 말도 없었다.

이미 맨션은 5층까지 완공된 상태였다. 일부 내부 공사를 진행 중인 곳도 있었지만, 이미 들어가 생활하는 사람도 있었다. 여기저기 물어보니 벌써 1층은 누구, 2층은 누구 3, 4, 5층도 이미 다 주인이 정해져 있었다. 어디를 찾아봐도 내 이름은 없었다. 난 휴일이고 뭐고 반납하고 심지어 돈도 받지 않고 여기서 일했다. 오직 내가 살 집을 얻기 위해 내 노동력을 전부 바쳤다.

그걸 생각하니 화가 머리 끝까지 치밀어 올랐다. 난 곧장 공장 사무소로 쳐들어갔다. 그리고 지배인에게 "약속한 때가 됐습니다. 빨리 집을 주세요"라고 했다. 하지만 그는 "집이 다 찼어"라는 짧은 한 마디만 던졌다. "약속과는 다르지 않습니까. 앞으로 어떻게 살아가라는 겁니까?"라고 따졌다. 아무 대꾸가 없었다. 말로는 도저히 통하지 않아 사무소 책상을 뒤집어 엎어버리고 지배인의 목덜미를 잡고 마당으로 끌고 나왔다. 그러자 서기도 나타나 "도창순 멈춰, 멈춰." 하며 소리쳤다. 나는 "너도 같은 놈이야" 하며 모두 때려 눕혔다.

일대 큰 싸움이 벌어지자, 공장 종업원들도 모두 나와 구경했다. 난 그들 앞에서 당당하게 "지배인과 서기가 일 년 동안 일을 열심히 하면 집을 주겠다고 하고선 날 속였다. 난 너희들의 악행을 김일성에게 편지를 보내 알리겠다"라고 외쳤다.

우리 공장 옆에 있는 전기기기 공장의 지배인 김태식이 소식을 듣고 이곳으로 쫓아왔다. 그는 싸움을 말리러 온 것이었다. 그는 나를 진정시키며 말했다. "앞으로 두 번 다시는 싸우지 말게. 차라리 내가 그 집을 줄 테니 이제 내 공장에서 트랙터 운전을 해." 하지만 난 이제 그 누구도 믿을 수 없는 상황이었다. 태식은 자신을 믿으라고 하고 뒷일은 모두 책임져 주겠다고 했다. 한 번만 더 믿어 보기로 했다. 난 그길로 그를 따라 전기기기 공장에 들어갔다. 다음 날, 그는 약속대로 맨션 4층에 하나 비어 있는 집에 들어갈 수 있게 해 주었다. 공장 종업원들은 내 집에 내부 미장도 해 주고 문도 붙여 주고 부엌도 만들어 주었다.

1980년.

난 드디어 우여곡절 끝에 내 집을 장만하게 됐다.

지배인 태식이 고마웠다. 역시 거물은 다르다고 생각했다. 당시 그는 공장(3급 공장) 지배인이었지만 과거엔 황해도 연합제철소의 책임 서기를 한 적이 있었다. 거긴 1급 기업으로 가장 큰 제철 연합 공장이 있는 곳이었다. 거기서 김일성의 교시를 제대로 못하고 반성 없이 매일 술만 마셨다고 했다. 그래서 거기서 내려먹어 평안남도 강서군 트랙터 공장의 책임 서기로 보내졌고 거기서 또 강등되어 이곳 지배인으로 와 있던 것이었다. 그러다 보니 군당의 책임 서기나 군 인민위원회의 위원장도 항상 그의 앞에서 머리를 숙였다.

태식은 평소 자주 나에게 "너같이 일을 열심히 하는 사람은 처음 본다"라고 했다. 그래서 이렇게 나를 도와준 건지도 모른다.

아무튼 1960년에 낯선 북한 땅에 도착해 화재로 하루 아침에 집을 잃은 뒤, 거지로 20년을 살다가 이제야 내 집이 생겼다. 왠지 모르게 눈시울이 붉어졌다.

그 뒤로 2년이 흘렀다. 그런데 그때는 아무리 일을 해도 된장은 커녕 간장이나 소금조차 구할 수 없었다. 세월이 지나도 형편은 나아지기는 고사하고 점점 더 어려워진다. 그사이 지배인 태식은 중앙당으로 올라가 25처[82)의 책임자로 일한다고 들었다. 그에게 꽤나 의지를 했는데 그가 가 버리자 앞으로 생활은 어떻게 해야 할지 막막해졌다.

그러다 평양 인민봉사위원회 산하 '상업관리소'에서 일하는 사람들의 생활 형편이 좋은 걸 알게 됐다. 거기는 가게라서 된장이나 간장 등등 다양한 물건으로 가득 차 있었다. 그래서 거기서 일하는 종업원들은 조금이라도 물품을 받을 수 있었다. 물론, 돈이 있으면 배급되는 것 이외의 물건들을 살 수도 있었다. 그런데 들리는 소문에 의하면 종업원들은 된장이나 간장을 몰래 빼돌려 농촌에서 곡물이나 야채와 교환한다고 했다.

난 또 한 번 죽을 각오를 하고 김일성에게 편지를 썼다.

'김일성 수령님이 인민 생활을 그만큼 걱정하고 계신다는 것을 알고 나는 몸과 마음을 바쳐 인민들에게 된장, 간장을 제대로 운반해 나눠 주어 사회주의에 이바지하고 당의 올바른 방침을 알리도록 하겠습니다.'

그리고 정춘실처럼 나 역시 인민을 위해 트랙터 핸들을 잡고 일평생 트랙터와 운명을 같이하겠다는 내용도 보냈다. 정춘실은 당시 상업관리소에서 스스로 산을 경작하여 콩이나 여러 가지 작물

---

82) 중앙당의 외화벌이 부서.

을 심고 관리해 두부나 술을 만들어 인민들에게 배급했고, 동물도 길러 가죽을 수출해 번 외화도 나라에 바쳤다. 김일성이 이를 칭찬해 정춘실은 '당의 딸, 나의 딸'이라고 찬사를 보내던 시절이었다. 자강도에서 시작된 정춘실 운동이 전국으로 번지고 있었다. 그래서 그걸 이용했다. 마지막으로 "지금 함주의 상업관리소에는 트랙터가 없습니다. 그러니 제게 트랙터를 주십시오" 하고 편지를 보냈다.

며칠 뒤, 중앙당에서 간부가 나를 찾아왔다. 김일성이 금성[83] 트랙터 공장의 책임 비서에게 명령을 내린 것이었다. 함주에서 도창순이라는 자가 찾아오면, 트랙터 2대를 내주라며 그걸로 상업관리소에서 인민을 위해 많은 일을 해달라는 메시지가 있었다. 내가 해낸 일에 대해 특히 상업관리소 사람들이 크게 놀랐다. 다들 기쁨으로 떠들썩했다.

나는 곧장 평안남도 강서군에 위치한 금성 트랙터 공장으로 갔다. 그리고 그곳 책임비서에게 중앙당 간부로부터 받은 편지를 보여 주었다.

그때는 1984년, 내 나이 서른일곱 살이었다.

난 김일성 초상화 앞에서 그가 전하는 교시를 전달받았다. 그리고 3일간 특별 대우를 받으며 공장 견학을 했다.

---

83) '금성'이라는 것은 김일성의 여러 이름 중 하나다. 김일성은 이름이 몇 번이나 바뀌었다. 어릴 때는 김성주, 김금성이라고도 했다. 그다음에 김일성(金一星)이 되었고 마지막으로 김일성(金日成)으로 바꾸었다.

천리마 트랙터 컨베이어벨트[84]부터 불도저 컨베이어벨트[85] 그리고 미싱 공장[86] 그리고 일용품 공장[87]도 견학했다. 그곳은 산속 지하에 있는 넓고 큰 공장으로 여러 종류의 탱크, 장갑차, 군의 특수차, 수륙양용차 및 부속품을 만들고 있었다.

그렇게 견학을 끝내고 공장에서 내준 대형 트럭에 트랙터를 싣고 함주로 돌아왔다. 난 상업관리소의 '직업동맹위원장'이라는 직책을 받게 됐다. 당원이 아닌데 위원장이 된 것은 전국에서 나 혼자였다. 그리고 교도대의 특수부대 분대장에서 '소대장'이 되었다.

난 트랙터로 정말 열심히 일을 했다. 산을 경작하고 원료 기지를 만드는 일에도 주역으로 일을 했다. 또한 표고버섯 재배지의 원료 기지 건설의 주역으로도 일을 했다. 그리고 트랙터 트레일러에 간장, 된장을 실어 각 마을로 전달했다. 마을 사람들은 모두 일손을 놓고 간장, 된장이 왔다고 환영했다. 이런 공로를 인정받아 표창식 때 훈장을 줄 테니 김일성 혁명 연구실에 와 달라는 소식을 전달받았다.

그곳에 도착하니 상업관리소 소장과 비서는 웃으며 말했다. 우리가 국기 훈장 2급에 추천했으니 그걸 받으면 한턱 내라는 것이었다. 그런데 이상하게 내 이름은 국기 훈장에 없었다. 단지 그것보다 급이 낮은 공로 메달 2개를 받았을 뿐이었다. 난 분노해서 따

---

84) 28 마력의 트랙터를 전문 제작하는 컨베이어벨트.
85) 45마력에서 대형까지 다양한 불도저를 생산하는 컨베이어벨트.
86) 금성이리는 제봉기 공장. 미싱과 무기를 생산한다.
87) 산굴 속에 있는 군수품 공장.

졌지만 이미 늦은 일이었다. 나 대신 어떤 간부가 자신의 이름을 국기 훈장에 넣고 내 공을 가로챈 것이었다. 난 분을 삭이며 다시 트랙터 일을 열심히 하는 방법 외에는 다른 도리가 없었다.

＊ ＊ ＊

그 무렵 아내가 부쩍 큰 아들 호철이를 자주 괴롭혔다. 아니 사실은 전구 공장 경비실에 들어와서 같이 살 때부터 그랬다. 그녀는 자식 교육이라는 명분으로 호철을 때리거나 먹을 것도 주지 않고 내쫓기도 했다. 그래서 나는 공장에서 일할 때 늘 신경이 곤두설 수밖에 없었다. 당시 호철이는 공장 밖에서 내가 일이 끝나기만을 기다렸다가 함께 집으로 들어가곤 했다. 난 아내가 너무 미웠다. '얼마나 어렵게 키운 자식인데 조금만 따뜻하게 대해주면 안 되는 가.' 그녀는 호철에겐 계모라서 내 마음 같지가 않은 것이었다. 난 어서 큰아들이 빨리 커서 결혼도 하고, 스스로 생활할 수 있는 강한 남자가 되길 바랄 뿐이었다. 그러던 어느 날, 큰 사건이 터지고 말았다.

아내가 호철이를 완전히 내쫓은 것이었다. 난 아들을 찾느라 혼비백산이었다. 절망 속에 빠져 있는데 어디서 아들을 봤다는 소문을 듣고 정평군 춘평리라는 어느 산속 농촌에 찾아갔다. 그곳에 도착한 나는 정말 깜짝 놀라 나자빠졌다.

그곳에는 호철이와 호철이를 낳은 전처 우혜숙이 있었다. 거의 실명 상태나 다름 없는 혜숙은 웬 벙어리 남자와 같이 살고 있었다. 둘 사이에 낳은 듯한 두 명의 딸도 보였다.

벙어리 남자는 호철이를 괴롭히고 있었는데 옆에서 혜숙은 울면서 그를 말리고 있었다. 그걸 보자마자 난 화가 나서 그놈을 때렸다. 그리고 아들을 눈물로 안았다. "아빠!" 하고 아들이 울자, 옆에 있던 혜숙도 "호철이 아빠" 하며 쓰러져 울었다. 스무 살에 내게 시집을 와서 스스로 자취를 감췄던 그녀가 이렇게 숨어 지내는 걸 보니 너무 불쌍했다. 나는 그녀도 같이 껴안고 울었다.

상황이 조금 진정되고 자초지종을 들어보니 그 벙어리 남자는 혜숙이 함흥에 사는 언니들에게 돈이나 물건을 받아 오면 전부 빼앗아 탕진했다고 했다. 그리고 혜숙을 때린다고도 했다. 그래서 난 벙어리 남자에게 혜숙과 호철에게 손을 대면 가만두지 않는다고 경고했다.

그날 이후, 혜숙은 가끔 내 집이나 상업관리소로 두 명의 딸을 데리고 찾아왔다. 그때 난 할 수 있는 것은 뭐든지 해 줬다. 된장과 간장도 사 줬다. 그리고 일이 끝나면 시간을 내서 혜숙과 호철이 있는 곳을 찾아가기도 했다.

물론, 아내에겐 거짓말을 해야 했다. 도시락을 만들어 달라고 한 뒤, 그걸 들고 혜숙과 호철에게 가져가 먹였다. 호철이는 엄마인 혜숙과 도시락을 반반씩 나눠 먹었다. 아들은 자신에게도 엄마가 있다고 너무 기뻐했다. 아들이 "엄마"라고 부르는 소리에 나는 숨이 막힐 만큼 아팠다.

당시 아내 태숙은 편직 공장에서 일을 했는데 한 달에 한 번 혹은 두 달에 한 번씩 스웨터나 옷을 만들어 내게 줬다. 난 그걸 전부 아들에게 가져다 입혔다. 속옷까지 탈탈 벗어 아들에게 입힐 정도였다. 그렇게 집에 돌아오면 아내는 "대체 옷은 어디에 두고 온 거야?"라고 잔소리를 했다. 그럼 나는 "너무 더워서 옷을 벗고 일을 했는데 깜빡했네"라든가 "벗고 일하다 도둑 맞았어" 하고 거짓말을 해야 했다.

한동안 그런 생활을 반복하다 보니 지쳤고 미래가 보이지 않았다. 그래서 혜숙에게 말했다. "호철이가 계속 이런 산속에서 지내면 아무런 미래가 없어. 내가 일하는 상업관리소에 부탁해 볼게. 거기서 일을 하면 비록 급료는 적지만 배급도 받을 수 있을 거야. 그리고 거기엔 숙소도 있어." 혜숙은 그 얘기를 듣고 고개를 끄덕였고, 호철도 내 의견을 따랐다.

나는 곧장 상업관리소 소장을 찾아가 부탁을 했다. 다행히 그는 지금까지 나의 공훈을 생각해 아들을 받아 주었다. 그 뒤로 나는 매일같이 아들을 따로 불러내 강변에서 도시락을 먹였다. 물론, 아내에겐 여전히 이 사실을 숨겨야 했다.

그렇게 안정된 생활을 하는가 싶었는데 전혀 예상치 못한 또다른 사건이 터졌다. 아들이 머무는 숙소에는 스무 명 정도 되는 젊은 친구들이 있었는데 그들은 모두 군대에서 제대를 해서 아들보다 나이가 더 많았다. 아들은 숙소에서 가장 나이가 어렸는데 그들에게 자주 괴롭힘을 당하고 있었던 것이다.

하루는 그놈들이 고기가 먹고 싶다고 아들을 위협해 염소 한 마리를 도둑질해 오라고 시켰다. 그놈들은 고기를 맛있게 뜯어먹었는데 이를 그만 안전부에 들켜 조사를 받게 되었다. 그런데 그놈들이 공모를 해서 아들에게 죄를 모두 뒤집어 씌웠다. 아들은 아직 어린 소년에 불과한 나이였지만, 안전부에서는 그런 것에 관계 없이 죄가 있으면 그냥 끌고 간다. 이런 상황을 뒤늦게 알게 된 난 어찌할 바를 몰랐다. 내가 대신 감옥에라도 갔으면 하는 심정이었다.

심각하게 깊은 고민에 빠져 있다가 무작정 군사동원부를 찾아갔다. 난 차라리 아들을 군대에 보내 달라고 사정했다. 그런데 보통 군대는 귀국자의 자녀는 갈 수 없다. 십 년이 지나야 갈 수 있는 기회가 있다지만 실제로는 드물다. 만약, 귀국자 자녀들을 군대에 보내려면 일본 돈이나 일본 고가의 물건을 뇌물로 바치고 평양 같은 힘들지 않은 곳에서 군 생활을 할 수 있게 부탁해야 한다. 하지만 난 뇌물은커녕 하루 먹는 것 걱정하기 빠듯한 사정이었다.

그래서 나는 아들을 군에 보내주는 대가로 상업관리소 일이 끝나면 추가로 군사동원부 일은 뭐든 시키는대로 다 하겠다고 했다. 그때 마침 군사동원부에는 트랙터로 여러 곳에 짐을 옮겨야 하는 일이 있어 뜻밖에 협상이 잘 성사되었다. 진심으로 기뻤다.

난 아들의 눈을 똑바로 쳐다보며 말했다. "호철아, 여긴 위험하니까 차라리 군대에 가자. 여기에 있으면 놈들이 계속 널 괴롭힐 거야. 군에 가면 먹는 것 걱정 없이 먹을 수 있을 거고 너도 강해질 거야." 그러자 아들은 눈물을 흘리며 아빠와 헤어지기 싫다고 했다. 나는 그런 아들을 잘 타이르고 말을 이었다. "만약에 전쟁이 일어나고 남북이 통일되면, 절대 잊지 말아야 할 것이 할아버지의 나라야. 고향은 경상북도 대구. 거기 가서 도삼달의 손자라고 하면 반드시 한국 친척을 만날 수 있을 거야. 그리고 잘 기억해. 도씨는 대구가 본이야."

난 상업관리소 지배인에게 말해 일주일 간의 휴가를 얻었다. 그리고 아들을 데리고 군사동원부에 가서 신체검사를 받았다. 이제 다음 날이면, 아들은 함흥역 앞에 위치한 군사동원부에 가서 군복을 입고 입대를 해야 했다. 그날 밤, 나는 아내에게 거짓말을 했다. "내일 아침 일찍 간부들 모임에 참석하게 됐어. 거기서 직업 동맹 위원장 회의를 할 거야. 그러니 남부럽지 않게 최고로 좋은 도시락을 좀 만들어 줘."

도무지 그날 밤은 잠이 오지 않았다. 호철이는 태어나서 지금까지 나와 함께 생활 전선을 누비며 살아 왔다. 그런 아들이 내일이면 군대에 간다고 생각하니 마음이 착잡해 눈을 감았다가도 다시 뜰 수밖에 없었다. 그저 복무 기간 십 년 안에 전쟁이 나지 않기를 빌 뿐이었다. 만약, 십 년 안에 전쟁이 일어난다면 죽지 않고 살아남을 수 있기를 간절히 바랐다.

아침 일찍부터 호철이를 만나 군사동원부로 갔다. 그곳은 군에 입대하는 아이들 ─ 대부분 고작 중학교 졸업생 나이밖에 안 된 아이들 ─ 과 그들을 군대에 보내는 친지, 부모들로 가득해 부산스러운 풍경이었다. 그들은 아침부터 준비한 듯한 떡도 먹이고 그 주변 가게나 시장에서 먹고 싶은 걸 양껏 사 먹였다. 언뜻 주변에 과일과 아이스캔디를 파는 곳이 시선에 들어왔다. 하지만 내 주머니는 빈털터리였으며 그저 손에는 소박한 도시락 하나가 쥐어져 있을 뿐이었다. 왜 돈이 한 푼도 없는 것인지…. 아무것도 사 먹일 수 없는 부모의 심정은 찢어질 듯 아팠다.

아직 월급날까지 보름 넘게 남았다. 사실 월급이라고 해 봤자 칠십 원밖에 안 됐다. 당시 시장에서 파는 쌀 값이 1kg에 250~280원, 옥수수는 1kg에 150원, 계란 하나에 15원이었다. 그러니 월급으로 계란 5개도 사지 못하는 현실이었다. 그나마 있던 배급도 이제는 나라 사정이 안 좋다고 많이 줄어서 15일 분 배급이 3일 분 내지 5일 분으로 줄었다. 그걸 쪼개 먹어 보름을 살라는 것이었다. 어떻게 된 게 해가 갈수록 점점 답이 안 나오는 상황이었다.

아이들은 잠시 군복을 갈아입으러 일제히 안으로 들어갔다. 당시 군에 가면 '통일 군대'라고 했다. 군사동원부는 십 년 안에 반드시 통일한다는 목표를 가지고 이름을 그렇게 칭한 것이다. 그러니까 그 말인즉, 십 년 안에 반드시 전쟁을 일으켜 통일을 한다는 의미였다. 그래서 부모들은 어쩌면 이것이 마지막일 수도 있다고 생각하며 절박한 심정으로 아이들을 보낸다.

3시간 정도 기다리자 군복을 갈아입은 아이들이 우르르 쏟아져 나왔다. 다들 자식들의 이름을 큰 소리로 부른다. 나도 "호철아" 하며 아들을 찾았다. 군복을 입은 아들이 내게 말했다. "이제 부모님하고 한 시간 같이 있어도 된대."

난 그제야 고이 가져온 도시락을 아들에게 먹였다. 난 한시도 아들의 손을 잡고 떨어지지 않았다. "호철아, 군에서는 그 누구에게도 지지 마라. 무조건 강한 남자가 되거라. 지금까지 괴롭힘 당했던 분노의 힘으로 강해져야 해. 그리고 한국의 친척들 이름, 대구라는 지명을 잊지 마라."

주어진 한 시간은 정말 쏜살같이 지나갔다. 지휘관은 "모두 모여!"라고 외쳤고, 아이들은 호령에 맞춰 줄을 섰다. 그들은 한 명한 명 호명하여 대열을 만들었고, 대열별로 지휘관들이 붙어 함흥역 쪽으로 이동했다. 그 뒤를 부모들이 졸졸 따라갔다. 가면서 다른 부모들은 아이들에게 백 원이나 오십 원을 쥐어 주며 가는 도중에 먹고 싶은 것이 있으면 사 먹으라 했다. 난 이제 아무것도 줄것이 없어 그저 호철이 뒤만 바라보며 졸졸 따라갔다.

일반 손님들은 함흥역 개찰구로 들어가지만, 군인들은 역 옆에 있는 철문을 사용한다. 그쪽으로 연결되는 몇 량은 군대가 통째로 사용하는 것이었다. 철문이 열리자, 군인이 된 아이들이 기차에 올라 각기 창밖으로 부모를 찾았다. 아이도 부모도 모두 서로 눈에 눈물을 머금었다. 나는 호철이를 한눈에 찾았다. 아들이 가만히 나를 응시했다. 서로 눈물을 뚝뚝 흘렸다.

기차가 움직이기 시작하자, 모두 "아빠, 엄마"를 찾거나 아이들의 이름을 부르며 소리 내어 엉엉 울었다. 난 기차가 시야에서 완전히 사라질 때까지 움직일 수 없었다. '호철아, 반드시 강한 사람이 되어야 한다. 누구에게도 지지 마라.' 그렇게 마음속으로 외쳤다. 잠시 후, 마치 내 마음의 전부를 빼앗긴 것처럼 멍해지더니 견디기 힘든 허전함이 찾아왔다.

북창에 있던 둘째 여동생 히흐미에게 전보가 왔다. 그녀의 남편이 사고로 사망했다는 내용이었다.

사연은 이러했다. 특수포탄을 싣고 이동하던 군 트럭이 북창역 앞 식당에서 몰래 물물교환을 했다. 트럭에는 특수포탄 외에 장거리 이동을 위한 가솔린 드럼통이 실려 있었는데 트럭 기사는 식당에 가솔린을 주는 대가로 음식을 얻는 것이었다. 이런 일은 대게 밤에 거래가 된다. 드럼통에 호스를 꽂고 가솔린을 물통으로 옮기는데 이 멍청한 작자가 칠흑 같은 어둠 속에서 얼마나 들어갔는지 확인하려고 라이터를 켠 것이었다. 그 바람에 트럭에 불이 붙었고 곧바로 특수포탄으로 옮겨 붙어 폭발했다. 때마침 히흐미의 남편은 운이 나쁘게 그 앞을 지나갔다.

그 폭발로 인해 역은 물론 주변의 아파트도 파괴됐다. 건물은 마치 전쟁으로 융단폭격이라도 당한 것처럼 처참하게 부서졌다. 폭발의 파편과 건물의 파편 그리고 폭풍으로 인해 백 명 이상의 사람들이 사망했다. 멀리 떨어진 주택의 벽이나 유리도 부서질 정도로 강력했다. 이 사건은 상당히 큰 사건으로 전국적으로 입소문을 탔다.

히흐미의 남편은 머리와 다리 그리고 손이 여기저기 뿔뿔이 흩어져 처참했다. 사체는 머리와 팔 하나만 찾을 수 있었다. 팔은 일본에 있을 때 새긴 '王(왕)' 자 문신이 있어서 확인이 가능했다. 나라에서는 장례식을 올려줄 뿐 피해자에 대한 아무런 보상도 없었다. 이제 히흐미는 혼자 다섯 명의 아이를 기르면서 살아가야 했다.

막내 여동생 마사코는 남편에게 흠씬 두들겨 맞고 쫓겨났다. 그녀는 아들 둘을 안고 내가 있는 함주로 왔다. 이야기를 들어보니 일본에서 온 주제에 왜 아무것도 없는 거지인 거냐며 때린다는 것이다.

나는 군당의 책임서기에게 그녀가 지낼 집을 줄 수 있는지 부탁해 봤지만 쉽지 않은 일이었다. 아내가 호철이를 괴롭힌 일을 잘 알고 있는 마사코는 우리 집에 가고 싶지 않아 했다. 그래서 우린 항상 길에서 만났다.

마사코는 일본에 있을 때부터 나를 잘 따랐다. 마치 나를 부모처럼 대하며 무슨 일이 생기면 내게 의지했다. 맏이인 나와 첫째 여동생 에이코, 둘째 여동생 히흐미와는 한 살 터울이지만 나와 마사코는 여섯 살 차이가 나서 그런 건지도 모른다.

난 다시 그녀가 살 수 있는 집을 구하기 위해 중앙당에 신청도 하고 그 밖에 여러 기관이나 함경남도 당에도 호소했다. 각고의 노력 끝에 간신히 작은 집 하나를 마련할 수 있었다. 그런데 그 집은 당장이라도 부서질 것 같은 아주 작고 남루한 오막살이 집이었다. 그래도 나와 거리가 가까워 언제라도 만날 수 있는 건 좋았다.

마사코는 도시경영사업소라는 곳에서 근무하면서 두 아이를 학교에 보냈다. 그런데 먹을 것이 없었다. 그래서 동천에 계시던 아버지가 막내가 불쌍하다며 두 아이를 돌봐주러 함주로 와 같이 사셨다. 아버지는 내 아내는 악마 같아 얼굴도 보고 싶지 않다며 우리 집에는 오지 않으셨다.

마사코는 점점 형편이 어려워져서 아들 세진과 명진을 먹이기 위해 빚을 냈다. 그저 내가 옆에서 도울 수 있는 일은 된장, 간장을 사다 주는 일뿐이었다. 시간이 지날수록 빚은 점점 늘어났고 급기야 독촉에 시달려야 했다.

젊은 사람 서너 명이 찾아와 마사코를 때리고 집 안을 엉망으로 만들곤 했다. 그럴 때면 마사코의 두 아들이 "큰아버지!" 하며 나를 부르러 왔다. 나는 항상 그곳으로 달려가 그놈들에게 두들겨 맞았다. 빚을 지고 있는 상황이라 참을 수밖에 없었다. 그놈들은 마사코 집을 빼앗겠다고 했다. 나는 "내가 빚을 갚을 테니 제발 내 여동생을 괴롭히지 말아줘"라고 부탁했고, 그놈들은 "그럼 네 놈이 갚아라" 하며 돌아갔다.

이렇게 북한 깡패들은 인정사정 볼 것 없이 아주 야만적이었다. 옆에서 아이가 울고 있어도 아이가 보는 앞에서 부모를 무자비하게 팼다. 그들은 보통 안전원과 한패여서 법도 없었고 뭐든 제멋대로였다.

이 상태로는 답이 없어 나는 자존심 같은 건 다 내려두고 노재광의 집을 찾아가기로 결심했다. 그는 일본에서 온 동급생으로 들리는 소문에 의하면 함흥시에서 가장 부자라고 했다. 그는 함흥시

태성무역은행의 과장으로 일하는데 실제로는 그곳 사장보다 경험이 많아 힘이 있었고 그걸 증명하듯 도당의 책임서기보다 더 좋은 고급 승용차를 탄다고 했다.

난 북에 있으면서 일본에서 온 동급생들이 늘 그리웠다. 그래서 그들을 만나고 싶었지만, 특히 그는 나와 너무 하늘과 땅 차이라서 만날 엄두조차 나지 않았다. 하지만 상황이 이렇게 된 이상 더 이상 선택의 여지가 없었다.

나는 아침 일찍 그가 거주하는 간부용 아파트를 찾아갔다. 아파트 주민에게 물어보니 그는 3층에 살고 있고 일본에서 가져온 짐이 너무 많아 2세대를 사용한다고 했다. 그렇다고 곧장 3층으로 올라갈 용기는 나지 않았다. 슬쩍 옆을 보니 번쩍하는 차고에 일본제 고급차가 보였다. 그가 내려올 때까지 기다리기로 마음먹었다.

8시 30분경에 체격 좋은 사람이 내려왔다. 자세히 살펴보니 어렴풋이 옛 모습이 얼굴에 남아 있었다. 노재광이 틀림없었다. 난 그에게 다가갔다. 그는 나를 보자마자 깜짝 놀랐다. "도창순, 도창순이 아닌가." 나를 알아본 것이었다.

생각해 보니 무려 삼십 년 만의 만남이었다. 그는 나에 대한 얘기를 함흥의학대학병원의 정국태에게 들었다고 했다. 그는 진심으로 나를 반겨 주었다. 마음은 조급했지만, 얼굴을 보자마자 돈을 빌려 달라고 말할 상황은 아니었다.

내가 우물쭈물하자 "나 오늘 일 안 나가도 된다. 간부는 자유자재야. 집으로 올라가자" 하고 앞장서서 올라갔다. 집 문을 열고 안으로 들어가서 나를 동급생이라고 부인에게 소개했다.

안은 무척 넓었다. 전화, 소파, 장 그리고 식기장 등등 가구로 채워져 있었다. 바닥에는 고급 양탄자가 깔려 있고 냉장고도 두세 개나 있었다. 심지어 거실에는 커다란 컬러 TV가 있었다.

우린 나란히 소파에 앉아 자연스레 옛날이야기를 하기 시작했다. 예전 앨범을 꺼내보며 한 명 한 명 이름을 말하며 추억을 더듬었다. 그는 북한에 와 있는 동급생들의 이름이나 주소가 쓰인 종이도 줬다. 그는 이미 일본에 두 번이나 다녀왔다고 했다. 그러면서 일본의 동창회에서 찍은 사진도 보여 주었다.

그런데 나는 차마 여길 오게 된 이유를 말할 수 없었다. 그 사이 부인은 커피를 대접했고, 재광은 부인에게 아사히 맥주와 기린 맥주를 안주와 같이 가져오라고 했다.

맥주를 마시며 불현듯 이런 생각이 들었다. 그도 그렇고 국태도 그렇고 같은 동급생인데 키도 크고 체격이 좋았다. 그리고 배도 볼록 나와 있었다. 이에 반해 나는 몸집이 작았다. 잘 먹어야 할 때 먹지 못해서 그런 거란 생각이 들었다.

취기가 꽤 올라왔을 때 부인은 옆방으로 들어갔다. 난 한참을 망설이다 결국 본론을 꺼냈다. 어떤 사정이 있어서 찾아왔는지, 꼭 도와줬으면 좋겠다고 여동생에 대한 이야기를 전부 했다.

그는 바로 부인을 불렀다. 마사코의 빚을 지불하려면 일본의 돈으로 2만 엔이 필요했는데 그는 부인에게 3만 엔을 내주라고 했다. 바로 3만 엔을 내 눈앞에 가져왔다. "도창순, 이거면 충분할까. 사용해 주게. 내가 해 줄 수 있는 것은 이 정도야."

나는 두 부부에게 연신 고맙다며 인사를 했다. 너무 기뻤다. 난 그 길로 돌아와 북한돈으로 바꾸었다. 그리고 마사코와 함께 빚진 곳을 찾아갔다. 늦어져서 미안하다고 하며 빚을 갚았다. 그런데 일본 돈 2만 엔이면 충분할 걸로 생각했던 빚이 이자가 붙은 것까지 모두 갚고 나니 달랑 북한 돈 천 원이 남았다. 그 천 원은 마사코에게 건네줬다.

집으로 돌아오니 둘째 딸 명화와 막내 호성이가 TV를 보고 싶어 옆집에 다녀 왔다고 했다. 옆집에는 일본에서 보내 온 돈이나 물건을 받아서 생활하여 형편이 좋은 잘사는 귀국자가 살고 있었다. 그런데 그들은 내 아이들이 몇 번이고 찾아가도 집에 들여보내 주지 않았다. TV가 있는 다른 집도 마찬가지였다.

아이들은 만화와 영화를 보고 싶었는데 그럴 수가 없는 것이었다. 늘 쓸쓸히 돌아왔다. 때론 울기도 했다. "아빠도 일본에서 왔잖아. 일본에서 온 사람은 다들 부자인데 왜 우리는 아무것도 없는 거야?" 아이들이 그렇게 얘기할 때면 그저 아무런 말도 할 수 없었다.

마사코는 빚을 갚아도 잘살 수가 없었다. 천 원이라고 해 봤자, 아버지와 두 아들이 버티기에 턱없이 부족했다. 결국 다시 빚을 졌고 집을 빼앗기고 말았다.

이번에는 아버지가 어려움을 해결해 보겠다고 무작정 평양행 기차에 몸을 실었다. 정재필을 만나 도움을 청하기 위함이었다. 그는 일본에서 조총련 부의장을 했던 인물로 아버지가 일본에 있을 당시, 위기에 처한 재필을 구한 적이 있어 생명의 은인이나 다름 없었다. 그런데 평양까지 가지도 못하고 송정에서 잡혔다. 여행증명서가 없기 때문이었다. 아버지는 아무런 성과 없이 삼 일간 아무것도 먹지 못하고 함주역으로 되돌아온 후, 풀썩 쓰러지셨다.

나는 이 연락을 받고 황급히 역에 쓰러진 아버지를 업었다. 그런데 아버지를 업었을 때 '늘 강하고 단단한 아버지가 어느새 이렇게 앙상하게 마르고 가벼워진 걸까?' 하고 깜짝 놀라 가슴이 아팠다. 눈물이 막 쏟아졌다. 얼마나 건장하고 튼튼한 장수였던가. 업으니 너무나 가벼워 불쌍한 것을 넘어 원통해 쏟아진 눈물이었다. 집에 도착한 나는 아버지를 침상에 눕히고, 아내가 만든 죽을 아버지 입에 넣어 드렸다. 그러자, 다행히 조금씩 정신이 돌아오는 것 같았다.

아버지는 이 세상을 원망했고, 일본 조총련을 원망했다. 아버지는 자신이 죽으면 꼭 친척들에게 알려달라고 했다. 나는 무슨 일이 있어도 죽으면 안 된다고 했다. 아버지는 불쌍한 큰아들, 호철이를 잘 돌보라고 했다. 아버지는 호철이를 보고 싶다고 몇 번이나 말씀하셨다.

1995년 1월 25일, 아버지는 숨을 쉴 수 없어 괴롭다고 하셨다. 내 두 아이들은 옆에서 아버지의 다리와 손을 열심히 비볐다. 아버지는 숨을 못 쉬겠다며 너무 괴로우니 내게 연탄 구멍을 뚫기 위해 끝을 뾰족하게 한 철근 봉을 가져오라고 손가락으로 가리켰다.

'대체 저걸로 뭘 하시려는 거지? 설마… 저걸로 목을 찌를 건가?' 그런 생각을 하는데 또 한 번 가져다 달라고 재촉했다. 난 너무 불길한 예감에 몇 번이고 거절했다. 하지만 한 번 말하기 시작하면 반드시 그걸 해야 하는 아버지의 성격을 너무나도 잘 알기에 더 이상 막을 수가 없었다.

아버지의 손에 연탄 집게를 쥐어주자마자, 일말의 망설임도 없이 두 손으로 곧장 자신의 목구멍에 깊숙이 푹 찔러 넣었다. 목 뒤로 뽀족한 끝이 관통해 나왔다.

"크어어억."

순간 입에서 피가 솟구쳤고, 주변은 순식간에 피범벅이 되었다.

"아, 시원하다."

아버지는 한마디했다. 그러다 갑자기 코를 세게 골기 시작했다. 나는 여태 그렇게 큰 코골이는 들어 본 적이 없다. 정말 유리창이 흔들릴 정도였다. 난 아버지가 호걸이라는 걸 새삼 알게 됐다.

아버지의 코골이는 점차 작아지더니 어느 순간 멈췄다. 눈도 제대로 감지 못했다. 아버지는 북한에 온 것을 얼마나 후회했을까. 언젠가 고향인 남한에 돌아갈 수 있을 것을 꿈꿨지만, 그 꿈을 이루지 못한 채 돌아가셨다. 향년 73세였다. 내 두 아이, 명화와 호성이는 할아버지를 부르며 엉엉 울었다.

아버지의 시신을 일본 방향의 바다가 보이는 산에 안치했다. 그리고 동천에 있는 어머니의 무덤도 이곳으로 이장하기 위해 묘를

팠다. 관 뚜껑을 열어 보니 육신은 없었고 머리카락과 뼈만 남았다. 입고 있던 옷도 썩어 육신과 함께 흙이 되었다. 가만히 어머니의 머리를 안고 이마를 손으로 어루만지자 머리카락이 떨어졌다. 그리고 벚꽃나무 껍질을 밑에 깔고 그 위에 뼈를 순서에 맞게 맞춘 뒤 묶어서 안았다. 그리고 그걸 내가 사는 함주로 가져갔다. 뒷산에 올라 아버지와 나란히 일본 방향의 바다가 잘 보이는 산에 안치했다. 그리고 그때처럼 각목을 구해 어머니의 이름 '이시카와 미요코'를 쓰고, 뒤쪽엔 내 이름 '이시카와 마사지'를 커다랗게 썼다. 그런데 한 번씩 어머니 무덤에 가면 각목이 뽑혀 멀리 팽개쳐져 있었다. 필시 일본 이름 때문에 그런 것이었다. 누가 그런 건지 분해 견딜 수가 없었다.

1994년 7월 8일, 김일성이 죽었다. '노래도 하지 마라', '웃지도 마라'라는 메시지가 전국에 전달됐다. 매일 개인, 조직, 단위, 공장, 농업별로 김일성 동상에 헌화하고 절을 하며 울다가 오는 것이 관례였다. 그래서 전국은 온통 눈물바다였다. 그런데 어디선가 울지 않고 웃은 사람이 있어 잡혀 갔다는 말을 들었다. 안전원과 보위부들이 수시로 감시를 했지만, 분명 뒤에서 노래를 부르고 마시고 웃는 무리들이 있었다.

그나저나 이때부터 나라 사정은 더 끔찍이 어려워져 내가 사는 지역의 배급은 아예 끊겼다. 그나마 평양은 정상 배급을 하는 듯했지만 다른 지방은 배급이 확 줄어들었다고 들었고 김일성이 제일 싫어하고 경계하는 함경남도는 밉다고 아예 주지 않는 것 같았다. 이제 이곳엔 정말 먹을 게 아무것도 없었다. 간부들조차도 먹을 게 없어 배급소 뒷구멍으로 몰래 양곡을 받다 발각되어 일대 큰 소란이 있었다.

아버지의 뒤를 이은 김정일의 방침은 벼 뿌리, 옥수수 심지, 옥수수 뿌리 등 뭐든지 먹으라는 것이었다. 그런데 어딜 찾아봐도 곡물은 보이지 않았다. 논밭을 파서 이름도 알 수 없는 식물 뿌리를 먹는데 그것도 없어서 난리였다. 이때부터 인간은 토끼가 되고 소가 되었다. 오직 길가에 핀 잡초만이 생명줄이었다. 먹는 전쟁이 시작된 것이었다.

논밭에선 눈을 비벼 찾아봐도 먹을 걸 찾을 수 없어 산에서 칡 뿌리를 캐 왔다. 그리고 뿌리째 가루를 만들어 먹었다. 덕분에 똥구멍이 막혔다. 소나무 껍질도 벗겨서 먹었다. 가릴 처지가 아니다. 이제 뭐든지 먹는다. 한동안 풀만 먹다 보니 풀독이 전신으로 퍼져 눈이 퉁퉁 부은 탓에 앞이 안 보였다. 설사를 밥 먹듯이 했다.

엎친 데 덮친 격으로 콜레라 병이 유행처럼 돌았다. 북한 최초의 콜레라 발생은 신의주 사람이 압록강에서 낚시한 물고기를 먹고 벌어졌다. 당시 소문엔 남한에서 중국 측에 몰래 콜레라 걸린 물고기를 풀었다고 했다. 이렇게 뭐든지 정치적으로 해석했다. 적대국을 발병 원인으로 몰아 미워하게 만들기 위한 선전술이었다.

아무튼 콜레라 병이 발생한 장소는 즉시 격리됐다. 죽을 때까지 격리되는 것이었다. 병에 걸리지 않아도 주위에서 매일 아사로 사람이 죽어 갔다. 예전에는 죽은 사람을 관에 넣었지만 이제 그러지도 못했다. 죽은 이가 너무 많아 관 만들 시간조차 없는 것이었다. 그냥 철로 만든 관에 죽은 사람을 한꺼번에 쏟아 넣고 산에 가서 꺼내 묻어 버렸다. 그리고 빈 철관을 다시 소독한 후, 그다음 죽은 사람을 운반하는 식이었다.

이곳은 그렇게 파멸하기 시작했다. 이제 서로를 챙기고 도와줄 형편도 못 됐다. 제 목숨 하나 연명하기 벅찼다. 너무나도 많은 사람이 매일매일 죽어나갔다.

집을 빼앗긴 막내 여동생 마사코는 신발도 없어 맨발로 두 아들을 데리고 날 찾아왔다. "오빠, 3일 동안 아무것도 못 먹었어. 뭐든 좋으니 먹을 것 좀 줘." 나 역시 풀만 먹고 목숨을 부지하고 있었다. 이미 몇 년 전부터 그랬다. 그런데 이제는 주위를 헤매봐도 풀도 찾기 힘들었다. 막내에게 줄 게 아무것도 없었다. 가슴이 찢어지고 갈라질 듯 아팠다.

그 뒤로 마사코를 볼 수 없었다. 마사코의 두 아들 세진과 명진도 그게 마지막이 되었다.

이대로 가면 우리 가족 모두가 굶어 죽는다.

그래서 나는 큰아들처럼 막내 호성이도 군에 보내기로 결심했다. 국가에 대한 애국심, 충성심 따위가 아니라 오직 자식을 먹여 살리기 위한 강한 몸부림이었다. 군대에 가면 어떻게든 먹고살 수는 있을 것이다. 여기 남은 가족은 모두 굶어 죽는 한이 있더라도 두 아들만은 군에서 꼭 살아 남으면 좋겠다고 간절히 바랐다. 이제 내게 남은 선택지는 이것밖에 남아 있지 않았다.

나는 아내와 둘째 딸 명화와 함께 군에 입대하는 막내 호성이를 배웅하러 함흥역으로 나갔다. 다들 자식들을 보려고 승강장 안으로 들어갔지만 난 밖에서 철책을 잡고 멀리 보이는 아들을 쳐다봤다. 기차에 오른 호성이는 나를 보고 울고 있었다. 근처에 가면 마음만 더 찢어질 듯 괴로울 뿐이었다. 그래서 일부러 이렇게 멀리 떨어진 것이었다. 막내아들을 태운 기차가 내 시야에서 점점 사라졌다. 이렇게 막내도 큰아들처럼 간신히 군에 보낼 수 있었다.

이제 시장에서는 그때까지 금지됐던 물품들을 팔기 시작했다. 가령, 공장의 기계 부품을 훔쳐서 팔거나 귀한 골동품도 팔고, 심지어 무덤도 파헤쳐, 그 안의 값 되는 물건들을 훔쳐서 팔았다. 안전부와 보위부는 한패가 되어 국경에서 중국 측에 물건을 넘겨주고 음식을 받기도 했다. 생존이 어려워 어디 외국에서 원조를 받았다는 소문은 들었지만 어찌된 건지 한 톨도 전해 받은 바가 없었다.

각 공장도 전력난과 재료 부족으로 모두 정지되었다. 공장이 돌아가는 것이 문제가 아니었다. '무엇을 먹든 살아라. 살아야 사회주의 완전 승리를 할 수 있다'라고 하며 먹을 것에 총동원하게 했다. 김정일의 방침은 공장이 돌아가지 않더라도 공장의 당서기와 지배인이 책임지고 노동자들이 살 수 있도록 산을 개간하거나 뭐든지 심는 데 최선을 다하라는 것이었다.

그런데 훔쳐 먹는 사람들 때문에 제대로 된 작물을 키울 수도 먹을 수도 없었다. 가령 봄이 시작되면, 가장 먼저 나는 것이 감자다. 감자는 주먹 정도로 커졌을 때 두세 개 정도만 먹어도 배가 찬다. 그런데 직경 3~4㎝만 되어도 누가 먼저 훔쳐 먹을지 경쟁을 했다. 벼가 여물기 시작하면 벼 이삭만 잘라갔다. 옥수수도 마찬가지였다. 과일도 커질 수가 없었다. 그러니 아무리 심어 봐야 소용없었다. 훔쳐 먹지 않으면 죽는 것이었다. 그래서 다들 훔쳤다.

그러니 이제 밭을 경작하고 씨앗을 뿌려 열심히 재배해도 아무쓸모가 없었다. 제 아무리 경비를 세워도 군대나 동네 양아치들이 우르르 몰려와 경비원을 폭력으로 제압한 후 작물을 포대에 싹 다쓸어가 버렸기 때문이다. 괜히 저항하다가 살해당하는 사람도 많았다.

학교 선생님들은 교단에 설 수 없는 지경에 이르렀다. 배가 너무고파 말을 할 수 없었기 때문이다. 아이들도 학교는커녕 부모와 함께 산, 들, 논, 밭 어디로든 먹을 것을 찾아 다녀야 했다. 가을이 되면, 메뚜기를 잡으러 온 사람이 메뚜기 수보다 더 많았다. 강에 물고기 한 마리 없었다. 십 년 전에는 개구리 다리만 먹었지만 지금은 잡으면 전부 먹어 치웠다. 잠자리도 매미도 날개를 뜯어내고 전부 뜯어 먹었다. 만일 가축을 기르고 있는 집이 눈에 띄면 벽을 부수고 들어가서 가축을 죽이고 도적질하고 먹어 치웠다. 닭, 돼지, 개는 눈을 씻고 찾아도 안 보이는 것이 당연지사였다.

그 당시 함흥의 어느 가족이 너무 굶주린 나머지 눈이 뒤집혀 제일 먼저 며느리를 살해한 후, 인육을 뜯어 먹은 실로 끔찍한 사건이 있었다. 순천에서는 한 보일러공이 도시락에 항상 고기 반찬을

갖고 다니는 것을 이상하게 여긴 안전원이 조사해 봤더니 단지 안에 인육을 간장 절임해 놓은 것이 발각되기도 했다. 어느 추운 겨울 날, 한 여자아이가 너무 추워서 보일러 불 근처로 갔다가 굶주린 보일러공에게 변을 당한 것이었다. 한계를 넘은 굶주림에 사람들은 점점 미쳐 가고 있었다.

이제 길가에 쓰러져 죽은 사람들이 있어도 아무도 봐 주는 사람이 없었다. 그러나 간부들은 어디서 어떻게 잘 처먹는지 배가 불룩 튀어 나와 있었다. 그래서 북한에서는 모두 간부가 되고 싶어 했다. 배가 산만큼 나오고 뒤룩뒤룩 살쪄 보고 싶은 게 대다수의 소원이었다. 바로 이것이 위대한 조선노동당이 만든 나라였다.

1996년 9월.

두 아들을 군에 보내고 집에는 달랑 세 식구만 남았다. 나와 아내 그리고 딸 명화는 풀만 뜯으며 점점 더 앙상하게 말라갔다. 그러다 내가 제일 먼저 한계점에 도달했다. 이제 기력도 없었고 뼈만 남았다. 앉으나 누우나 뼈가 닿아 아팠다. 움직이고 싶어도 도무지 힘이 나지 않았다. 풀이든 벌레든 뭐든 먹어야 살 수 있는데 이제 그냥 물만 홀짝일 뿐이었다. 그것도 집에서 불과 150m 정도 거리에 있는 우물을 퍼온 것이었는데 거기에라도 가지 않으면 물도 없었다.

기력이 몹시 쇠한 나는 침상에 누워 찬찬히 지난날을 돌아봤다. 어린 나이에 아무것도 알지 못한 채 부모님 손에 이끌려 북으로 건너와 하루아침에 화재로 알거지가 되고, 지금껏 37년간 도저히 인간이 먹을 수 없는 것만 먹으며 목숨을 부지해 왔다. 어머니가 제일 먼저 아사로 돌아가셨고, 그 건장하던 아버지마저 힘겨운 삶을 버티다 돌아가셨다. '이번에는 내가 죽을 차례인가?'라는 생각에 헛웃음이 나왔다.

나는 깊은 생각에 잠겨 있다가 아내와 딸을 조용히 불러 서로의 얼굴을 마주 봤다. 아내와 딸은 내가 불과 며칠을 살지 못하고 죽을 수 있겠다는 직감이 들었는지 자꾸 눈물을 흘렸다.

나는 병약한 목소리로 두 사람에게 말했다. "어차피 여기 있다 죽으나 도망치다 죽으나 매한가지야. 그러니 도망이라도 칠게. 그럴 리는 없겠지만 정말 만에 하나 탈북에 성공한다면 살지도 모르잖아. 내가 만일 천운으로 살아 일본에 돌아가게 된다면 열심히 일해서 돈 많이 부칠게."

모두 눈물이 쏟아졌다. 절대 살 리도 없고, 탈북에 성공할 리도 없다는 걸 아내와 딸은 너무 잘 알고 있었다. 난 이제 곧 눈을 감으면, 가장 사랑하는 어머니 곁으로 갈 수 있다는 생각에 한편으로 기뻤다.

목숨을 건 모험

그날은 정확히 1996년 9월 11일 밤이었다.

집을 나서는 나의 모습은 흡사 로빈슨 크루소[88]였다. 맨살이 드러난 옷과 사이즈가 안 맞는 구두를 신고 엉기적 걸었다. 당연히 돈도 한 푼도 없었고 음식도 아무것도 없었다. 그저 가진 거라곤 머리 속에 든 전화번호 하나뿐. 그건 일본 적십자사 국제부 전화번호였는데 내겐 생명 줄이나 다름 없었다. 그 번호는 북한에서 일본으로 편지를 보내고 받은 답장에 적힌 것에서 얻은 것이었다.

비가 주룩주룩 내렸다. 난 정신이 나간 사람처럼 비틀비틀 함주역으로 향했다. 그 당시 내 나이 49세였다.

나는 함주역 콘크리트 울타리 뒤에 몸을 숨기고 야간열차를 기

---

88) 디포(D. Defoe)가 지은 모험 소설의 주인공(1719년). 그는 영국인으로 흑인 노예를 사려고 브라질에 가던 중 선박이 파손되어 무인도에서 28년 동안이나 고독 속에서 홀로 원시적인 생활을 했다. 이는 당시의 한 수부이던 셀커크(Selkirk)가 남태평양의 고도에서 4년 4개월 동안 겪었던 실화를 토대로 지은 것이다.

다렸다. 일부러 승강장에 들어가지 않았다. 개찰구에서 사람들이 몰려 나오면 그때 사람들 사이에 섞여 승강장으로 들어갈 참이었다. 그래서 가만히 빗속에서 때를 기다렸다. 북한의 대합실은 꽃제비를 포함해 사람이 가득했다.

여행증명서가 있다고 해도 반드시 표를 살 수 있는 것은 아니었다. 그때마다 기차 여건에 따라 다르고, 그 역에서 구매할 수 있는 표의 매수 또한 제한적이었다. 그래서 이삼 일간 줄을 서서 기다리는 일은 여사였다. 매표소는 줄을 서서 기다리는 사람들로 바글바글했다. 더구나 국경으로 가는 기차는 더 엄격하게 단속했고 표의 매수 또한 적었다.

다음 기차가 역으로 들어오기 약 십오분 전.

군인과 안전원 그리고 역 직원들은 일사불란하게 이리저리 손전등을 비추며 승강장 구석구석을 살폈다. 무임승차자나 증명서가 없는 사람들을 단속하는 것이다. 이윽고 기차가 도착하자, 안에 타고 있던 사람들 모두 개찰구를 통해서만 나오게 유도했다. 다른 곳으로 나오는 수상한 이가 발견되자 즉시 잡았다.

검사가 모두 끝나자, 군인과 안전원 그리고 역 근무자들은 승강장으로 들어갔다. 곧 기차를 타는 손님들이 승강장 안으로 들어갔다. 하지만 나는 아직 그곳으로 들어갈 수 없었다. 남은 경비대들이 여전히 전등을 이리저리 비추며 총을 들고 경계를 했기 때문이었다.

하는 수 없이 다음 기차를 기다리기로 했다. 야간에는 이렇게 서지 않고 지면에 낮은 자세로 바짝 엎드리면 발견하기 어렵다. 계속해서 쏟아지는 빗방울이 바닥을 반사해 팅겨올라 내 뺨을 때렸다. 비가 오든 말든 가릴 처지가 아니었다. 그리고 제 아무리 어두워도 낮은 지면에서 밤하늘을 배경으로 바라보면 꽤나 잘 보였다. 또한 어둠으로 인해 앞을 분간하기 어려울 때는 두 눈을 강하게 감고 1~2분 후 천천히 눈을 뜨면 한결 더 잘 보였다.

멀리 어두운 곳에서 다음 기차 소리가 아득히 들려왔다. 이내 라이트가 보이더니 점점 커졌다. 이제 기차는 잠시 후, 함주역 홈에 들어올 것이었다. 바로 이게 국경으로 가는 혜산행 열차였다.

드디어 기차가 멈추고 사람들이 내렸다. 승무원은 열차 출입문 계단 옆에 서서 한 명 한 명의 표를 확인했다. 이 기차를 놓치면 왠지 죽을 것 같은 불길한 예감이 들었다. 어서 서둘러야 했다. 하지만 아직 승강장엔 경비원들이 있어 나갈 수 없었다.

드디어 기차가 움직이기 시작했다.

그러자 북한 경비원들은 서서히 역사 안으로 걸어 들어갔다. 기차는 이미 승강장 끝자락에 반이 지나가고 있었다.

바로 지금이다.

나는 단번에 울타리에서 뛰쳐나와 미친 듯이 달리기 시작했다. 기차는 점점 속도를 높였다. 나는 더욱더 속력을 내야 했다. 이걸 타지 못하면 죽는다. 그 절박한 심정으로 더 달음질했다. 정말 간신히 기차의 제일 뒤 칸에 뛰어올랐다. 대체 어디서 그런 힘이 났던 걸까? 무아지경이라 나조차 알 수 없었다.

기차 내부에 들어서자, 승객들이 콩나물 시루처럼 따닥따닥 붙어 있어 다리를 제대로 옮길 수 없는 상황이었다. 그 틈을 비집고 한 걸음 한 걸음 열차 가운데 칸으로 갔다.

북한의 기차는 전기가 없어 깜깜하다. 그리고 창문에는 유리가 없다. 그래서 창가에 앉는 사람은 비닐이나 보자기로 창을 막아 바람이나 비를 피했다.

나는 간신히 창가에 기대섰다. 당시 여행증명서나 기차표가 없어 의자 아래로 숨은 사람이 더러 있었지만, 검사하러 온 안전원에게 이를 알리는 사람은 아무도 없었다. 아마 다들 마음속으로는 매일 고통 속에 죽어 가는 사람에 대한 연민과 안전원에 대한 미움을 가지고 있었기에 그랬을 것이다.

이제 차량의 양측 끝에서부터 북한 철도안전원들이 검사를 시작했다. 숨거나 도망치지 못하도록 양쪽에서 좁혀오면서 검사하는 것이었다. 손전등을 비춰 가며 한 명 한 명 공민증의 사진과 실제 얼굴을 대조했다. 그들은 그렇게 천천히 양쪽에서 압박해 왔다.

'나는 이제 끝이다. 잡혀서 강제 노동소로 끌려갈 것이다.'

강제 노동소는 날이 밝아지면 일하고 어두워지면 일이 끝나는 곳으로 건설, 벌목 등의 일을 하는데 한 번 잡혀 가면 죽을 때까지 그곳에서 일하게 된다. 재판도 없다. 노동소에서 탈출하면 바로 총살된다.

'이것으로 마지막이다.'

그렇게 생각하며 가만히 눈을 감았다.

그런데 그때 번쩍하며 뭔가가 떠올랐다.

달리는 기차에서 검사를 피할 방법은 한 가지, 차량 위 지붕으로 나가는 것이었다. 각오를 하고 기차의 창틀에 올라섰다. 한 손은 창의 안쪽을 잡고 다른 한 손은 기차의 지붕을 잡으려 했다. 그런데 아무리 힘껏 뻗어 봐도 팔이 닿지 않았다. 하지만 당황할 시간도 없었다. 달리는 기차에서 뛰어 내려도 죽을 것이었다. 그렇다고 강제 노동소로 끌려 갈 수도 없었다. 나는 한 번 더 젖먹던 힘을 다해 손을 폈지만 역시나 닿지 않았다. 그때 창가에 앉아 있던 사람이 나의 움직임을 읽고 있었다.

나를 동정이라도 한 걸까? 그는 주위를 살피더니 조용히 나의 다리를 잡았다. 또 다른 사람은 내 몸통을 붙들어 줬다. 너무 고마웠다. 그렇지만 아주 간발의 차로 닿지 않았다. 그래서 나는 뛰어 오르겠다고 했다. 창가의 사람은 매우 걱정스럽게 나를 바라봤다. 망설일 것도 없이 나는 힘껏 창에서 뛰어 올랐다. 천만다행으로 간신히 기차 지붕의 끝부분을 잡을 수 있었다. 나는 위로 오르기 위해 필사적으로 힘을 썼다. 그때 창가에 있던 사람들이 창 밖으로 몸을 내밀어 자신들의 머리와 어깨를 밟고 올라가도록 도와줬다.

그렇게 천신만고 끝에 달리는 기차 지붕 위에 무사히 오를 수 있었다. 그들의 도움이 없었더라면 정말 어림도 없는 일이었을 것이다. 난 기차의 지붕 위에 군데군데 나와 있는 환기통을 잡고 몸을 낮추었다. 차가운 철판 지붕이 뺨을 찢을 듯 아팠다. 하지만 더 바짝 엎드려야 했다. 내 머리의 불과 70~80㎝ 위에 철도의 전신선이 있었기 때문이다. 하지만 운명을 건 상황에서 아픈 것도 추운 것도 무서운 것도 곧 잊어 버렸다.

탄천에 도착할 무렵 세상이 환해졌다. 이제 안전원들이 지붕 위를 보면 잡히는 것이었다. 그래서 다시 아래로 내려와 차량과 차량 사이에 몸을 숨겼다. 열차가 잠시 정차하자, 차량 끝에 설치된 사다리를 타고 살그머니 승강장에 내렸다.

기차는 꽤 오랫동안 정차해 있었다. 이것저것 정비를 하는 모양이었다. 그사이 사람들은 기차에서 내려 얼굴을 씻거나 바깥 공기를 마시거나 물을 마셨다. 나도 그들 사이에 섞여 있다가 승강장 바닥에 털썩 주저앉았다. 난 기차가 언제 다시 출발할지 승무원이나 안전원들을 관찰했다.

2시간가량 지나자, 승무원들이 호루라기를 불어 출발을 알렸다. 갑작스러운 출발에 사람들은 당황하며 기차에 빨리 오르기 시작했다. 어떤 사람은 기차를 놓칠까 봐 창문을 통해 안으로 들어왔다. 나도 재빨리 움직여 차량과 차량 사이에 몸을 숨겼다. 기차가 다시 천천히 움직이기 시작했다. 기차가 역에서 멀어지자 나는 다시 기차의 지붕에 올랐다.

리용역에 도착한 것은 한밤중이었다. 다음 역인 혜산은 종점이라 아무래도 단속이 심할 것이라고 생각했다. 그래서 리용역에 내리기로 결심했다. 어둠 속에서 많은 사람들이 내렸다. 마침 비는 그쳤다.

　개찰구에서 경비대와 안전원이 호루라기를 불면서 단속을 하는 모습이 보였다. 어떻게 해서 여기까지 왔는데 여기서 잡힐 수는 없었다. 아주 잠시 눈을 감고, 어머니께 도와 달라고 기도했다. 그리고 지붕에서 개찰구 반대 방향으로 미끄러지듯 떨어졌다. '픽' 하며 발로 떨어진 탓에 발목이 끊어질 듯 아팠지만, 그것도 순간이었다. 오직 빨리 이곳에서 벗어나야겠다는 일념뿐이었다.

　몸을 낮게 깔고 서둘렀다. 그 주변은 자갈밭이었다. 그리고 바로 앞에는 가시가 많은 아카시아 나무가 이중 삼중으로 빽빽이 자라 있었다. 아카시아 나무로 밀식해서 만든 담이었다. 틈이 보이지 않을 정도로 빼곡했다. 그곳을 통과하지 않으면 안 됐다.

　나는 일말의 망설임도 없이 양손으로 나무를 헤치며 전진했다. 머리, 얼굴, 손바닥 할 것 없이 전신이 아카시아 가시에 푹푹 찔렸다. 낡은 옷은 더 파이고 찢어지고 전신에서 철철 피가 났다. 그렇게 가시투성이가 됐지만, 아픈 것도 몰랐다.

　겨우겨우 그곳을 빠져나와 선로 울타리를 따라 걸었다. 얼마나 걸었는지 울타리가 끝이 났다. 이제 선로를 건너 기차가 멈춘 리용역으로 향했다. 역 밖에는 수돗가가 있었다. 그곳에서 잠시 머리와 얼굴 그리고 손을 씻었다. 그리고 바지와 윗도리에 박힌 가시도 뽑았다.

　넓은 대합실에 들어서니 희미한 전구가 비추고 있었다. 사람들은 여럿 벤치에 앉아 있었다. 자리가 부족한 사람들은 보자기나 신문 등을 깔고 바닥에 주저앉아 있었다. 그들뿐만 아니라 꽃제비와 퀴퀴한 냄새를 풍기는 거지들도 자리가 나길 기다렸다. 그들은 옥수수나 빵, 사과, 배를 먹는 사람들을 보며 이리저리 눈동자를 굴렸다. 사람들이 언제 옥수수나 과일의 심지를 버릴까 주시하며 기다리는 것이었다. 심지를 버리면 일제히 파리떼처럼 달려들었다. 먼저 주워 먹는 놈이 사는 것이었다. 버린 심지에 진흙이 붙어 있든 말든 상관없었다. 그저 음식물을 주워 주둥이에 넣기만 하면, 한 시간이라도 생명을 더 연장할 수 있었다.

나 역시 그들처럼 먹지 않으면 안 됐다. 못 먹으면 죽는 거라는 생각밖에 들지 않았다. 정말 운이 좋게 누군가 버린 사과 심지를 주울 수 있었다. 냅다 입에 넣었다. 그건 지금도 잊을 수 없는 생명의 맛이었다.

정말 달콤했다. 정말 달아서 달콤한 것이 아니었다.

시간이 흐르고 서서히 동이 트기 시작했다. 나는 터벅터벅 국경의 강으로 향했다. 도중에 누가 버린 옥수수 심지가 있으면 바로 주워 갉아 먹었다. 그렇게 버티며 걸었다.

마침내 최종 목적지에 도달했다. 나는 조심스레 제방에 올랐다. 생사를 결정짓는 운명의 강이 눈앞에 펼쳐졌다. 북한과 중국 사이를 가르는 압록강은 폭이 불과 20m 정도 돼 보였다. 그리 깊지 않은 느낌이었다. 하지만 경비가 너무 삼엄했다. 무장한 국경 경비대의 초소가 50m마다 하나씩 보였고 순찰하는 경비도 여럿이었다.

주위를 좀 더 둘러보니 여자들은 강가에서 비누도 없이 세탁을 하고, 아이들은 물속에서 천진난만하게 물장난을 치는 모습이 보였다. 그리고 중국 측 제방에 선 사람들은 북한 쪽을 쳐다보는 것도 보였다. 그런데 눈초리가 뭔가 이상했다. 초등학생과 중학생 정도 돼 보이는 중국 아이들이 자동차 타이어를 튜브 삼아 헤엄치더니 몰래 잠수를 해 북한 측으로 건너왔다. 그리고 북한 아이들과 뒤섞였다. 가만히 살펴보니 북한 아이들은 골동품을 중국 측에 건네주고 음식이나 중국 담배 같은 걸 중국 아이들에게 받는 것이었다. 이건 필시, 누군가 아이들을 이용해 거래를 하는 것이었다.

이를 알아챈 북한 측 경비대원은 호루라기를 불며 아이들을 향해 고함을 쳤다. 그리고 경비대원들은 강 밖에서 지시를 하는 어른들을 직감으로 찾아 총구를 겨누고 위협했다.

국경 너머 중국 지명은 '장백현 마록구'. 대체 어떻게 저걸 건너갈 수 있을까? 거의 불가능에 가까운 일처럼 보였다. 난 일단 해가 질 때까지 제방에 앉아 있기로 했다. 그런데 따스한 낮과는 달리, 해 질 무렵 살벌한 추위를 느끼고 다시 역으로 돌아왔다. 그곳의 9월 바람은 살을 찢을 듯 차디찼다. 첩첩 산중의 골짜기에서 합류해 흐르는 물 때문에 더욱 그랬다.

힘을 내려면 역에서 다시 뭔가를 주워 먹어야 했다. 또 운이 좋게 옥수수 심지 하나를 주웠다. 바로 심지 안쪽 부드러운 솜 같은 면을 갉아 먹었다. 그곳에 도착한 첫날은 그렇게 하루를 보냈다.

다음 날. 나는 다시 제방에 올라 어디 강폭이 좁고 어디 강물이 얕은지를 살펴봤다. 그리고 경비가 조금이라도 허술한 곳이 있는

지 탐색했다. 그러면서 일본 적십자사의 전화번호를 몇 번이고 중얼거렸다. 적을 게 전혀 없기에 잊지 않으려는 몸부림이었다. 역시 오늘도 탈출은 무리였다. 그렇게 둘째 날이 지나갔다.

그렇게 셋째 날도 지나고, 벌써 넷째 날을 맞이했다.

그날은 저녁부터 비가 주룩주룩 내리기 시작했다. 이미 나는 한계를 넘어가고 있었다. 전날에는 역 안에 거지가 죽은 것을 봤다. 거지는 가마니에 말려 옮겨졌다. '자, 다음은 누구 차례일까?' 모두가 그곳에서 죽음의 순서를 기다렸다. 마치 제비를 뽑아 자신의 차례를 기다리는 것처럼…. 그게 남 일 같지 않았다.

어떻게든 정신력으로 버티려 해도 이제 점점 의식이 몽롱해질 뿐이었다. 서서히 눈이 감겼다. 죽음을 기다리려고 눈을 감았다. 그런데 바로 그때 별안간 귀에서 어떤 소리가 들리기 시작했다. "마사보… 마사보!" 하는 너무나도 그리운 어머니의 목소리였다. 난 다시 눈을 뜨고 정신을 차리려 했다.

비는 여전히 쏟아지고 있었다. 난 몸을 일으켜 역 밖으로 나왔다. 그리고 비틀비틀 걸었다. 그때가 아마 새벽 한두 시경이었을 것이다. 왠지 이것이 마지막 기회라는 느낌이 들었다. 비는 온밤 양동이에 붓듯이 쏟아부었다. 어둠을 헤치며 국경의 제방으로 향했다.

점점 세차게 내리는 비 탓에 조금 정신을 차릴 수 있었다. 그런데 머리 위로 쏟아지는 빗물이 어찌나 거센지 손으로 눈을 비비지 않고는 한 치 앞도 보이지 않을 정도였다. 기어가면서, 미끄러져 떨어지면서, 제방에 오른 순간 무시무시한 굉음을 뿜으며 강물이 꿈틀거렸다.

'콰아아아.'

그곳은 비가 내리면 바로 수위가 높아져 격류가 되는 곳이었다. 빗물은 산골짜기마다 합류했다. 큰 바위조차 격류에 이기지 못하고 데굴데굴 흘러갔다. 첩첩산중 골짜기에서 쏟아지는 물은 모든 것을 집어삼킬 것처럼 거셌다.

그 거센 격류 때문인지 비가 와서 비 멎음 하는 걸까? 경비 교대인가? 경비대의 모습은 보이지 않았다. 이런 격류에 강을 건널 미친 놈은 없다고 생각한 건지도 모른다. 아님 교대 시간이었을지도. 아무튼 이미 여러 번 죽은 목숨, 주저할 것도 없었다.

나는 즉시 무서운 격류에 몸을 내던졌다. 헤엄을 칠 수 있는 그런 수준의 물줄기가 아니었다. 어푸어푸 정신없이 물을 먹어 가며 세찬 강에 떠밀리듯 흘러갔다. 그러다 어느 순간 픽 하고 정신을 잃었다.

한참 후, 깨어났을 땐 어슴푸레하여 앞을 조금 분별할 수 있을 정도였다. 나는 어느 기슭에 도착해 있는 듯했다. 다리는 강물에 떠서 헤엄치는 것 같은데 상반신은 자갈 위에 엎드려 있었기 때문이었다. 순간 아직 북한 측 기슭에 있는 건 아닌지 걱정이 됐다. 하지만 움직일 수가 없었다. 손가락 하나 까딱하기 어려운 상태였다. 눈을 떴지만 몇 번이고 다시 닫혔다. 그 상태로 얼마나 시간이 흘렀는지 모른다.

다시 정신이 들었을 때 여전히 힘도 없고 이것으로 끝이라는 생각밖에 들지 않았다. 그저 죽음을 기다릴 생각으로 조용히 눈을 감았다.

그런데 바로 그때, 어슴푸레 전기 빛이 보였다.

뭔가 이상했다. 북한은 온통 깜깜할 터인데 빛이 존재하는 것이 아닌가? 그 빛은 마치 나를 부르는 것 같았다. 어디서 힘이 났는지 조금씩 기어 갔다. 그렇게 전진했다. 그러다 어느 순간 개 짖는 소리가 들렸고 나를 향해 달려오는 무언가를 느꼈다.

이윽고 내 시야에 개가 보였고 하늘을 배경으로 멀리 사람 형체 하나가 눈에 들어왔다. 곧 고함소리가 들렸다. '나를 부르는 건가…. 개를 부르는 건가….'

그런데 무슨 말이 들리긴 하는데 도무지 알아들을 수 없는 말이었다. 그렇게 혼미한 상태에서 완전히 정신을 잃었다.

* * *

다시 눈을 떴을 때 이불 안이었다. 눈을 들어 이리저리 주위를 둘러보는데 생경한 풍경에 그저 놀랄 따름이었다. 컬러 TV가 보이고 냉장고와 세탁기도 보였다. 그중 가장 놀란 것은 집 안에 전화가 있는 것이었다. 부엌 틈새로 오토바이와 자전거가 보였다. 키큰 할아버지가 부엌에서 무언가를 만들고 계셨다. 그는 놀랍게도 흰 팬티와 흰색 티셔츠를 입고 있었다.

여기가 천국이라고 생각했다. 손으로 얼굴을 꼬집었다. 혀도 씹어 보았다. 아팠다. 분명 꿈이 아니었다.

이건 필시 하늘에 계신 어머니가 나를 지켜준 거라고 생각했다.

당장 몸을 일으킬 힘은 없었다. 그래서 그냥 이불 안에 있기로 했다. 화재 이후 몇십 년 동안이나 이불 없는 생활을 했기에 정말 오랜만에 느끼는 따스함이었다. 그 온기가 나를 취하게 했다.

잠시 후, 한 할아버지가 흰 죽을 가져와 내 입에 넣어 주었다. 어렵게 죽을 삼키고 다시 정신을 잃었던 것 같다. 곡물이라고는 입에 넣어본 적 없는 나는 죽을 받아들이지 못하고 취했던 것 같다. 다음에 다시 눈을 떴을 때, 이번에는 벌꿀을 조금씩 내 입에 넣어 주었다. 이제 정신이 조금씩 또렷해졌다.

알고 보니 이 할아버지는 중국에 사는 조선족이었다. 그는 국경 강변에 헛간을 만들고 논밭을 가꾸고 있었다. 원래 이 주변은 전부 자갈밭이라고 했다. 그는 한 번씩 제방 근처로 가서 몰래 북한 골동품을 교환하기도 한다고 했다.

이 마을은 예상했던 대로 장백현 마록구였다. 할아버지는 이곳은 중국 국경 경비대가 가끔 순찰을 돌기 때문에 위험하다고 했다. 그러니 어서 자신의 아들 집으로 이동하자고 했다. 그에겐 김철수, 김철호라는 두 아들이 있었는데 근방의 마을에 살고 있었다.

나는 할아버지에게 업혀 200~300호 정도 밀집한 마을로 갔다. 그곳은 할아버지의 장남 김철수가 사는 집이었다. 난 거기서 무려 37년 만에 처음으로 흰 밥을 배불리 먹을 수 있었다. 이제야 정신이 또렷하고 힘도 났다. 식사를 마친 뒤, 난 장남에게 일본의 적십자사 번호를 알려주며 여기로 전화해 달라고 부탁했다.

그가 전화를 걸어 드디어 일본 적십자사와 연결됐다. 나는 수화기를 받자마자 일본어로 "여보세요"라고 했다. 그리고 상대방의 일본어 목소리가 들렸다. 아…. 너무 그립고 반가운 말, 이게 몇 십년 만에 듣게 되는 일본어인가. 그건 나와 어머니가 대화를 할 때 주고받던 언어였다. 그 말소리가 수화기를 통해 귀로 흘러 왔다. 아니 귀가 아니라 내 심장에 스며들었다. 왈칵 눈물이 흐르기 시작했다.

"저는 이시카와 마사지이고 어머니는 일본 사람입니다. 저는 가나가와현 가와사키시 다카쓰구 미조노쿠치에서 태어나 자랐습니다. 우리 외할아버지는 이시카와 야스키치, 할머니는 이시카와 다츠, 어머니는 이시카와 미요코, 그리고 숙부는 이시카와 시로와 이시카와 타쯔끼치, 현재 북한에서 37년간 살다가 도망쳐 살아 있습니다. 지금은 중국입니다. 제발 도와주세요."

그렇게 서툰 일본어로 또박또박 말했다. "잠시만 기다려 주세요. 중국의 적십자사에 알려 어떻게든 곧 도울 수 있도록 하겠습니다." 내 말을 들은 적십자 측 담당자의 목소리는 떨렸고 긴장감이 감돌았다. 그는 적십자사 국제부 사람이었다. 그 말을 들은 나는 "아니

중국의 적십자에 알리지 말아 주세요. 중국에서 알면 나는 살해당할 겁니다"라고 곧장 말했다. 37년간 북한에 살면서 한 달에 두 번씩 탈북에 실패한 사람들이 총살당하는 것을 익숙히 들어 왔다. 중국은 북한과 우방국이어서 중국에 알린다면 북한에 인도될 게 뻔했다. "알겠습니다. 곧바로 대책을 찾겠습니다. 절대 절망하지 마시고 힘내 주십시오. 이시카와 씨" 하며 전화가 끊겼다.

정말 매 순간 긴장감이 흐르는 생과 사의 기로였다. 한 번도 잊은 적이 없는 고향, 일본으로 무사히 갈 수 있을지 걱정과 불안이 앞섰다. 괜히 북한에서 도청당하는 건 아닌지 걱정이 몰려왔다.

그런 불안감에 떨고 있는데 곧바로 전화가 걸려 왔다. 외무성에서 걸려 온 전화였다. "이시카와 씨 힘을 내십시오. 전화기로부터 멀리 떨어지지 마시고요. 반드시 일본으로 돌아올 수 있을 겁니다. 희망을 잃지 마세요"라고 했다.

그 말을 듣자마자 펑펑 눈물을 흘렸다.

잠시 후, 심양에 있는 일본 영사관의 '야마토' 총영사에게 전화가 걸려 왔다. "이시카와 씨. 지금 그 중국인들에게 부탁하세요. 그쪽의 요구대로 돈을 줄 테니 심양의 영사관 앞까지 어떻게든 데려다 달라고 말이에요." 난 수화기를 든 채로 할아버지와 두 아들(철수, 철호)에게 부탁했다. "지금 심양의 일본 총영사(야마토 영사)와 통화 중인데 여기서 돈은 요구대로 줄 수 있다고 합니다. 그러니 나를 심양의 영사관 앞에 좀 데려다 줄 수 있나요?" 야마토 총영사가 거기 있는 중국 사람에게 전화를 바꿔달라고 하여 철수에게 전화기를 주었다. 전화기에서 중국말이 오가는 소리가 들렸다.

결정은 오래 걸리지 않았다. 돈을 받을 수 있기 때문에 그들은 곧바로 데려다 주겠다고 했다. 여기서 일본 영사관까지 이틀이 소요되기 때문에 어서 서둘러야 했다. 총영사는 2일 후, 오후 5시에 약속한 장소로 마중 나오겠다고 했다.

두 아들은 "지금 바로 출발합시다"라고 말했다. 차를 가진 친구에게 부탁을 한 건지 이내 빨간색 승용차가 도착했다. 그때는 밤 11시를 지나고 있었다.

중국인 친구가 운전석에 탔고 조수석에는 철호가 탔다. 그리고 뒷좌석을 뜯어낸 후 판자를 깔고 그 밑에 내가 누웠다. 그 판자 위로 철수와 그의 아내가 탔다. 나에게 무슨 일이 있어도 말하거나 움직이지 않고 가만히 있기로 약속했다.

곧장 나를 태운 자가용 승용차는 돌과 바위가 많은 장백현 마을을 덜컹거리며 나아갔다. 어둠 속을 헤치며 격렬하게 달렸다. 가는 길마다 검문소가 몇 개씩 있었다. 그때마다 조수석에 앉은 철호가 창을 열고 중국어로 뭐라고 말한 뒤 담배를 검문소 군인에게 주면서 통과했다. 그렇게 계속 앞으로 달렸다.

날이 밝자 어느 작은 마을의 가게에서 빵과 캔 주스를 사 먹었다. 그때 처음으로 캔에 든 주스를 마셨다. 북에서 37년간 사는 동안 원시인이 된 것 같았다. 캔 뚜껑 따는 법도 알지 못했다.

그리고 달리고 또 달렸다. 다시 밤이 되었다. 철호가 가끔 내게 일어나도 좋다고 신호를 주면 고개를 들어 창밖을 봤다. 이번에는 제법 큰 도시로 들어갔다. 그 일대는 전기가 있어 엄청 밝았다. 역시 세상은 달라도 너무 달랐다. 입이 쩍 벌어졌다. 북한에서는 절대 볼 수 없는 풍경이었다. 화장실을 가기 위해 산속에서 한두 차례 멈춘 것 말고는 계속해서 달렸다.

마침내 심양의 TV 탑 앞에 도착했다. 여기가 약속의 장소였다. 그런데 어찌나 쉬지 않고 달렸는지 약속보다 3시간이나 일찍 도착했다. 오후 5시가 약속한 시간이었다.

난 철호가 건넨 텔레폰 카드 ─ 이것도 처음 보는 거라 희한했다 ─ 를 받아 야마토 총영사에게 전화를 걸었다. "이시카와입니다. 지금 막 도착했습니다. 분명히 중국에서 도청하고 있을 것입니다. 5시까지 기다리면 분명 실패할 겁니다. 그러니 바로 와 주셨으면 합니다. 가능하실까요?"라고 했다. 야마토 총영사는 "알았습니다. 바로 가겠습니다"라며 바로 전화를 끊었다.

곧바로 영사관에서 나온 영사 공무원 두 분이(구사카리, 니시카와) 우리를 알아보고 다가왔다. 얼굴은 모르지만 느낌으로 안 것 같았다. 그들은 큰 종이봉투 하나를 들고 있었는데 안에는 돈이 들어 있었다. 난 그걸 받아 철호에게 건네줬다.

"너무 고맙습니다. 정말 고맙습니다."

그리고 그렇게 연신 고맙다는 인사를 건넸다.

※　※　※

　난 두 명의 영사와 함께 무사히 일본 영사관에 도착했다. 안에 들어가니 야마토 총영사와 그의 부인이 나를 맞이했다. 그런데 그들은 반가워하기보다 나의 해골 같은 몰골에 흠칫 놀라는 모습이었다. 그들은 총영사의 관저 2층에 있는 여러 개의 방들 중 한 곳에 안내했다. 총영사와 그의 부인은 내게 신신당부를 하며 문을 닫았다. "이 방에서 절대 나오지 마세요. 우리가 들어올 때는 노크를 똑똑, 똑똑 이렇게 두 번 할 테니 그 소리를 들으면 우리라고 믿고 문을 열어주세요." 난 고개를 끄덕였다.

　내가 들어온 방에는 침대가 2개나 있었고 욕실과 화장실 그리고 소파까지 있었다. 침대 맡에 있는 시계를 보니 5시가 넘었다. 살며시 창문 커튼을 젖히고 밖을 봤다. 순간 난 소스라치게 놀랄 수밖에 없었다. 중국 공안과 군인이 영사관 주위를 포위하고 있었다. 내 판단이 맞았던 것이다. 약속 시간인 5시까지 거기서 기다렸다면 필시 잡혔을 것이다. 그런 아찔한 생각에 이마에 식은땀이 삐질삐질 흘렀다. 야마토 총영사와 부인은 나의 판단에 너무나 놀랐다.

　야마토 총영사와 그의 부인은 매우 상냥한 사람이었다. 그들은 나를 위해 뭐든지 배려해 줬다. 총영사와 단 둘이서 대화할 때는 도청당할 위험 때문에 라디오를 틀고 안테나를 늘려 라디오 잡음을 만든 뒤 그 속에서 말을 주고받았다. 그곳 담당 요리사는 늘 총영사와 부인의 식사 2인분만 만드는 것 같았다.

똑똑···. 똑똑···.

약속한 노크 소리가 들리면 문을 열었다. 그러면 부인이 내 방에 음식을 옮겨다 줬다. 그들은 나의 건강을 많이 걱정했고, 원기회복을 위해 만두와 과자 그리고 과일도 가져다줬다. 난 여기서 처음으로 바나나라는 것을 먹었다.

그리고 밤 10시경이 되면, 총영사의 방으로 건너가 TV를 봤다. 나카무라 긴노스케[89]의 미야모토 무사시[90] 비디오를 보거나 일본 장기를 하며 놀았다. 부인은 한 번씩 노래를 틀어 주거나 가라오케를 연결해 노래를 불러 줬다. 모두 처음 보는 광경이었다. 그저 놀랄 따름이었다. 그러면서 야마토 총영사는 매일 중국 정부나 다른 외국의 대사들을 만나 중국에서 일본으로 나를 출국시킬 방법을 알아보고 있었다.

하지만 그곳에서의 생활에는 편안한 가운데 늘 불안감이 존재했다. 관저에서 일하는 요리사나 청소부, 잡부는 모두 중국인이었기 때문이다. 언제고 그들을 통해 끌려갈지 모른다는 불길한 생각이 들었다. 난 매일 불면증에 시달려 잠을 제대로 잘 수가 없었다. 한 번씩 슬쩍 커튼을 젖혀 밖을 내다보면 여전히 중국 공안과 군인이 이곳을 떠나지 않고 둘러싸듯 서 있었다.

그러던 어느 날, 이불 속에 누워 있는데 천장에서 뭔가 후다닥 하며 지나가는 것 같았다. 순간 숨소리도 내지 않고, 조금 더 집중

---

89) 옛 사무라이 영화에 나오는 유명한 배우.
90) 무사 이름.

해서 들어보니 분명 사람이었다. 누군가가 지붕에서 기어가다 멈추고 기어가다 멈추는 것을 반복했다. 아무래도 관저 2층의 여러 방들 중 어느 방에 내가 있는지 찾는 것 같았다.

난 다음 날, 곧장 이 일을 총영사에게 알렸다. 그러자 총영사는 다른 두 영사와 함께 널빤지와 망치, 못을 가져와 누군가 지붕에 다시는 오르지 못하게 천장으로 올라갈 수 있는 구멍을 전부 판을 쳐서 막아 버렸다.

그사이 나는 성명문을 작성했다. 그리고 그걸 총영사에게 전달했다. 내용은 이러했다.

　나는 어떤 일이 있어도 죽음을 각오하고 여기서 단 한 발짝도 움직이지 않을 것이다. 설령 중국 정부에서 나를 잡으러 온다 할지라도 나는 기필코 내가 태어나고 자란 모국으로 돌아갈 것이다. 인간이 자신의 나라로 돌아가는 것은 당연한 일이다.

그리고 나는 너무도 그리운 고향을 생각하며 「나의 고향」이라는 제목의 시도 썼다.

　얼마나 그리웠던 고향인가
　언제 고향으로 돌아 갈까를 꿈꾸며
　그날올 비라고 지옥에서 나와 살아오면서

그 고향 산하로 돌아가지 못하고
수많은 후회를 남기고
죽어간 일본인이 얼마나 많았던 것일까
난 지금 그 사람들의 마음까지 전부를 짊어지고 이 경계에
있다
과연 돌아갈 수 있는 것인가

만약 탈출에 실패해 죽더라도 흔적을 남길 생각으로 쓴 것이었다.

그나저나 언제쯤 갈 수 있는지 그것만이라도 알 수 없는 건지 답답했다. 기약없는 오랜 기다림은 나를 지치게 만들었다. 그럴 때면 나는 다시 기운을 내기 위해 목욕을 했다. 욕실로 들어가 수도꼭지를 틀었다. 새빨간 녹물이 나왔다. 북에 있을 때부터 중국 물은 나쁘다고 들었다. 차츰 시간이 지나자 조금씩 투명한 물로 바뀌었다. 난 북한의 때를 모두 벗겨내는 기분으로 그렇게 매일 깨끗하게 씻었다.

오랜 기다림 끝에 마침내, 북경에 있는 일본 대사관의 일등 서기관 요덴 씨가 이곳에 합류했다. 그는 그간 야마토 총영사와 함께 일본 외무성과 긴밀하게 연락을 취해 왔다. 그가 오자 야마토 총영사와 그의 부인 그리고 두 명의 영사(구사카리, 니시카와)가 한데 모여 머리를 맞대고 나의 출국용 도항증을 만들려고 했다. 지금으로 말하면 임시 여권 같은 증명서였다.

하지만 총영사의 말에 따르면, 중국 정부는 끝내 나의 출국을 공

식적으로 허락하지 않았다고 했다. 다만, 비공식적으로 그냥 모른 척 눈감아 줄 수도 있을 뿐이었다. 그런데 중간에 공안이나 군에 잡혀도 중국 정부는 책임을 지지 않을 것이었다. 어디 나갈 수 있으면 나가 보라는 식의 태도를 취했다. 그러니까 실은 아무런 보장이 없는 거나 마찬가지였다.

그런 상황에서 야마토 총영사는 결단을 내렸다. 그는 일단 즉석 사진기로 내 얼굴을 찍었다. 그리고 요텐 씨는 바로 북경에 있는 일본 대사관으로 돌아갔다. 삼 일 후, 그가 대사관에 도착하면 이쪽으로 전화를 할 거라고 했다. 전화를 받으면 즉시 총영사가 나를 데리고 대련[91]의 일본 출장소로 떠나는 작전이다.

요텐 씨가 떠나자, 우리는 다시 모여 작전에 대해 회의를 했다. 나와 야마토 총영사와 그의 부인 그리고 두 명의 영사 이렇게 총 다섯 명이었다. 모두들 요텐 씨로부터 전화가 오면 움직이는 데 동의하고 있었다. 그런데 나는 왠지 전화가 도청될 것 같은 불길한 기분이 들었다. 그래서 야마토 총영사가 "이시카와 씨의 생각은 어떻습니까?"라는 물음에 "뭐든지 성공하려면 지금 바로 이곳을 출발해야 합니다. 아무도 모를 때 우리가 먼저 대련의 출장소로 가서 그곳에서 요텐 씨에게 알리는 것이 성공하는 방법인 것 같습니다"라고 했다. 그리고 만에 하나 도청이라도 당하면 지금까지의 일

---

91)   죽국 라오닝성 라오둥반도 남단에 위치하며 아름다운 해변의 도시로 알려져 있다. 35
       개의 소수민족이 거수하고 있기 때문에 다양한 민족 문화가 공존한다. 작은 어촌이었던
       곳에 항만을 건설하였다.

이 모두 물거품이 될 수 있다는 얘기도 덧붙였다.

가만히 그 얘기를 들은 야마토 총영사는 벌떡 자리에서 일어났다. 차고에서 영사관 건물 뒤로 나가는 자그마한 문이 있으니 이 문 밖의 도로에 차를 세워 두고 기다리겠다고 했다. 나는 거기로 빠져 나오겠다고 약속했다.

"지금 출발합시다!"

그때는 한밤중이었다. 두 명의 영사는 밖으로 먼저 몰래 나가 영사관 뒤쪽에 차를 대기시켰다. 뒤이어 야마토 총영사도 먼저 나가서 기다리겠다고 했다. 그사이 그의 부인은 가방에 내복과 속옷 그리고 타올을 챙겨 주었다. 면 혼방 코트도 내 어깨에 걸쳐 주었다. 이미 전날, 부인은 좋은 바지 하나를 내게 선물했었다. 정말 너무 고마워서 몸 둘 바를 몰랐다.

마지막으로 나는 부인과 함께 밖으로 나섰다. 우린 중국의 군인과 공안의 눈을 피해 둘이 데이트하는 것처럼 영사관 정원을 한 바퀴 돌아서 뒤편으로 갔다. 여기서 "이시카와 씨, 빨리 여기로"라는 소리가 들렸다. 돌아보니 차가 대기하고 있는 게 보였다. 나는 재빨리 작은 문을 통해 길에 세운 총영사의 차에 탔다.

나는 총영사 부인에게 감사하다는 인사도 제대로 못하고 허둥거리며 헤어졌다. 달리는 차 안에서 '정말로 죄송합니다. 사모님, 저를 용서해 주세요'라고 사죄했다.

차는 목적지인 대련을 향해 속력을 높여 달렸다. 차 안에서 빵과 주스를 마시고 만 하루 반나절을 달렸다. 딱 한 번만 쉬고 계속 달려서 마침내 약속의 장소인 대련의 일본 출장소에 도착했다.

출장소 소속의 소장과 다른 직원분들은 다들 너무 친절하게 나를 대해 주었다. 난 널찍한 대합실에서 접이식 침대를 깔고 잤다. 나중에 내가 대련에 도착하자마자, 바로 중국 공안들이 추격해 왔다는 이야기를 들었다. 역시 이번에도 내 판단이 옳았던 것이다. 삼 일 뒤에 출발했다면 그들에게 잡혔을지도 모른다.

며칠 뒤 요덴 씨가 이곳에 도착했다.

드디어 때가 온 것이다.

'이제 무사히 일본에 돌아가는 걸까? 끝까지 살아 돌아갈 수 있을까?'

도무지 이 상황이 실감이 나지 않았다. 어떻게 될지 모르는 상황. 출장소 소장이 만약의 경우를 생각하고 모두 함께 기념사진을 찍어두자고 했다. 모두 같이 사진을 찍었다. 현실을 사는 게 아니라 영화를 찍는 듯한 느낌이 들었다. 야마토 총영사는 내게 백 달러 세 장을 건네주며 말했다. "이시카와 씨, 일본에 가면 필요할 때 쓰세요." 처음 보는 달러 지폐였다. 감사했다. 정말 너무 감사했다.

난 야마토 총영사와 두 명의 영사(구사카리, 니시카와) 그리고 출장소 소장 및 그곳의 많은 직원들의 배웅을 받으며 대련의 비행장으로 향했다. 내 통행증은 요덴 씨가 품에 소지하고 있었다. 그는 바짝 자신의 뒤에 붙어 따라오라고 했다.

잠시 후, 대련의 비행장에 들어섰다. 요덴 씨가 출입국심사관에게 여권과 내 통행증을 보여 줬다. 난 소지하고 있던 도항증을 내밀었다. 마지막까지 긴장을 멈출 수 없었다. 난 이리저리 주위를 둘러보고 경계했다. 다행히 심사에 통과했고 출발 로비로 들어갔다.

이미 비행기가 도착한 모양이었다. 나는 요덴 씨와 함께 비행기에 탑승했다. 내부에는 아무도 없었다. 이 비행기는 나를 귀국시키기 위해 특별히 마련된 ANA항공편이었다. 출장소 소장이 잠시 비행기에 올라 출발 전까지 기내 구석구석을 살폈다. 기내 창밖을 보니, 야마토 총영사와 두 명의 영사 그리고 출장소 사람들이 비행기가 이륙하기 전까지 경계를 해서 비행기 주변을 둘러싸서 지켰다. 정말 감동적인 순간이었다.

나는 창가에 앉았다. 그러자 기내 여승무원이 다가와 "무엇으로 드시겠습니까? 불편하신 곳은 없으십니까?" 하며 상냥하게 일본어로 말을 걸었다. 대답 대신 눈물이 주룩 흘렀다. 출장소 소장이 내게 다가와 악수를 청했다. "이제 조국으로 돌아갈 수 있습니다. 부디 건강하세요." 괜히 그의 눈에도 눈물이 고였다. 임무를 마친 소장은 비행기에서 내려갔다.

이제 천천히 비행기가 움직이기 시작했다. 난 아래에 있는 사람들을 내려다봤다. 모두 한마음이 되어 눈물을 흘리며 손을 흔들고 있었다. 그들은 나를 위해 싸워 준 고마운 사람들이었다. 28일간의 길고 긴 싸움이었다.

긴장감 탓에 침묵으로 일관하던 요덴 씨는 "이시카와 씨, 성공입니다. 이제 일본으로 돌아갈 수 있습니다" 하며 덥석 내 손을 잡았다.

밤하늘을 내려다봤다.

'이것으로 일본에 돌아간다. 아… 너무 길고 길었다. 37년간의 북한에서의 삶이…'

언뜻 비행기 창에 비친 내 얼굴이 보였다. 온통 깊고 깊은 주름 투성이였다.

그러는데 요텐 씨가 손가락으로 아래를 가리키며 지금 대한민국 상공을 지난다고 했다. 그의 손가락을 따라 창 밖을 내다보니 그곳은 밤인데도 불구하고 밝은 빛으로 가득 반짝반짝 빛나고 있었다. 참 아름다웠다. 문득 반대쪽 창 아래도 내려다봤다. 작은 소형 백열전구가 듬성듬성 하나둘 보일 뿐이었다. 그곳은 내가 있던 북한이었다.